DO827189

Mais qui mange les guêpes ?

Mais qui mange les guêpes ?

et 100 autres questions idiotes et passionnantes

par les lecteurs de la revue *New Scientist*

TRADUIT DE L'ANGLAIS (GRANDE-BRETAGNE)
PAR NICOLAS WITKOWSKI

Éditions du Seuil

Titre original : *Does Anything Eat Wasps ?*
Éditeur original : Profile Books, Londres
© 2005 by *New Scientist*
ISBN original : 1-86197-973-8 (paperback) ;
1-86197-835-9 (hardback)

ISBN 978-2-7578-0792-7
(ISBN 1re publication, 2-02-087226-9)

Introduction

Quand, en 1994, a été inaugurée la rubrique de courrier des lecteurs de notre revue hebdomadaire *New Scientist* intitulée «Le dernier mot», un des rédacteurs demanda combien de temps cette rubrique durerait. Les estimations variaient entre un et cinq ans. «Il serait en tout cas incroyable, affirma l'un d'eux, que l'on dépasse dix ans. Cela ferait plus de cinq cents questions intéressantes – il n'y en a pas autant que ça.»

Onze ans plus tard, vous lisez une petite sélection des questions et réponses d'une rubrique qui ne montre aucun signe d'essoufflement. Au cours des seules cinq dernières années, les lecteurs nous ont appris à quel degré d'obésité il fallait parvenir pour être à l'abri des balles, pourquoi les bières brunes prennent davantage la tête que les blondes, comment estimer la quantité de pluie contenue dans un nuage ou pourquoi les patates germées peuvent être dangereuses. Une des questions a même suscité un article dans la très sérieuse revue *Physica A*. Des chercheurs espagnols et américains s'y sont intéressés au comportement étrange de la liqueur de café quand on y verse de la crème (voir p. 89)…

Pourquoi «Le dernier mot» a-t-il connu un tel succès? D'abord parce que cette rubrique tient entièrement à l'enthousiasme des lecteurs. Chaque semaine, notre serveur est inondé de questions

étranges, aussitôt suivies d'une marée de réponses surprenantes en provenance d'autres lecteurs. Ce livre est
donc le résultat de leurs efforts.

Vous pouvez participer vous-même à ce jeu permanent
(http://www.newscientist.com/lastword.ns) en posant une
question ou y en répondant, mais souvenez-vous que les
questions doivent être des petites questions anodines.
Nous ne pouvons vous éclairer sur le mystère ou la signification de l'existence humaine, mais nous vous dirons
pourquoi votre thé s'éclaircit si vous lui ajoutez du jus
de citron. Et nous ignorons s'il existe de la vie ailleurs
dans l'univers, mais nous savons comment faire des
bulles d'air dans une barre chocolatée.

Bienvenue chez les adorateurs de l'ordinaire et les
groupies de la trivialité !

Mick O'Hare
(qui remercie Jeremy Webb,
Lucy Middleton, Alun Anderson
et les équipes de *New Scientist*
pour leur collaboration)

*Les commentaires en italique en réponse aux questions ont
été établis par l'éditeur anglais du texte original et par l'éditeur français de la présente édition.*

1. Plantes et animaux

... La stratégie du mille-pattes

Depuis que j'ai trouvé un mille-pattes dans ma baignoire, je me demande pourquoi cet animal a autant de pattes. Quel genre d'avantage cela lui procure-t-il, et comment les a-t-il acquises ?

Sarah Crew

Les mille-pattes et les vers de terre ont des modes de vie semblables. Ils creusent le sol et se nourrissent de détritus végétaux, mais ils ont développé des techniques différentes pour pénétrer dans le sol. Les vers utilisent leur puissance musculaire pour gonfler leur corps et agrandir les crevasses du sol. Les mille-pattes utilisent leurs pattes pour déplacer les particules de terre.

Les mille-pattes sont différents des scolopendres. Ils ont des membres courts et nombreux, car de longues pattes seraient un handicap dans un terrier. Les scolopendres, qui vivent à la surface du sol dans l'humus, ont des pattes plus longues, mais en plus petit nombre : elles courent bien plus vite que les mille-pattes.

Tous ces animaux ont des corps longs et fins, divisés en segments jointifs. Ces segments, excepté aux deux extrémités, sont tous construits sur le même modèle, un peu comme des pièces détachées standardisées ou les sièges, tous identiques et produits en série, d'un autobus. La répétition de ces segments réduit l'information génétique nécessaire à leur développement. Les mille-pattes ont probablement évolué à partir d'un ancêtre ayant moins de segments, et donc de pattes, par ajouts successifs de segments.

R. McNeill Alexander, professeur émérite
de zoologie, université de Leeds

? Où vont les mouches ?

Lors de nos dernières vacances, nous avons été régulièrement importunés par des mouches, sauf les jours où le vent se levait, ce qui les faisait fuir. Y a-t-il une vitesse du vent à partir de laquelle les mouches s'en vont ? Et où vont-elles ?

Bill Williamson

Il y a bien sûr une force du vent à partir de laquelle les mouches ne peuvent plus voler, mais cela dépend aussi de la température, de l'humidité, du sexe et de l'âge de la mouche, ainsi que de son espèce.

Pour *Lucilia cuprina*, la principale espèce vivant sur les troupeaux de moutons d'Australie du Sud, le seuil de vent est d'environ 30 km/h. Au-delà, elles risqueraient de s'abîmer les ailes. Mais il faut bien noter que certaines espèces ont besoin du vent pour migrer sur de longues distances. L'insupportable petite mouche de brousse australienne migre ainsi en Tasmanie chaque été.

L. cuprina se pose dès que la température dépasse 40 °C ou descend à moins de 12 °C. Elle gagne alors un endroit abrité et attend que les conditions s'améliorent. Beaucoup d'espèces ont des durées de vie relativement brèves, de l'ordre de quelques jours. Les femelles pondent des œufs ou des petits vivants, selon les espèces, qui passent d'abord un an ou plus sous terre sous forme de larves et de pupes. Ils n'émergent que quand les conditions sont idéales – beau temps ensoleillé et légère brise. Il se trouve que ces conditions sont aussi idéales pour les touristes…

Jan Horton, Tasmanie

Un ami cycliste m'apprend que, au terme de multiples essais, le Vélo-Club de Melbourne a conclu que les mouches ne suivaient plus à partir de 15 km/h.

Tony Heyes, Australie

Je vis dans le Canada arctique, où le bref été se signale par l'apparition de millions de moustiques. Quand il y a du vent, ils se cachent dans la végétation au voisinage du sol. Marcher dans la toundra apparemment déserte soulève des nuages de moustiques affamés.

Michael Morse, Territoires du Nord-Ouest, Canada

Je peux confirmer que la vitesse maximale des mouches françaises est d'environ 15 km/h. En dessous de cette vitesse, quand on fait du vélo dans les Alpes ou les Pyrénées, les mouches vous harcèlent. Quand on va trop vite pour elles, je suppose qu'elles se reposent en attendant le cycliste suivant. N'étant pas un champion et portant des bagages, j'avais du mal à maintenir cette vitesse en montée.

Entre l'épuisement et l'attaque des mouches, j'ai dû choisir cette dernière.

Steve Lockwood

⍰ Étang en emporte le vent

J'ai fait une piscine à oiseaux dans mon jardin avec un grand bol de plastique. Beaucoup d'oiseaux l'utilisent chaque jour, mais, bien que j'y mette de l'eau du robinet et qu'elle soit très propre, elle se remplit très vite d'algues vertes. D'où viennent ces algues ?

Calverley Redfearn

Vous posez en fait deux questions différentes : d'où viennent les algues, et comment font-elles pour survivre ?

Les algues d'eau douce sont très efficaces pour s'établir rapidement dans des mares et des flaques, souvent temporaires. Quand cet habitat s'assèche, la plupart sont capables de produire des spores, cellules très résistantes pouvant survivre très longtemps et, à cause de leur petite taille, être transportées par le vent ou dans la boue qui colle aux pattes des oiseaux. Dès qu'ils toucheront l'eau, ces spores recommenceront à se multiplier.

Mais les algues ont aussi besoin de nutriments pour pousser : elles ne survivraient pas dans l'eau distillée. L'eau du robinet, en revanche, bien qu'elle soit traitée, contient des nitrates et des phosphates. L'air lui-même est aussi chargé de substances intéressantes. Il est donc tout à fait normal que des algues, qui sont d'ailleurs totalement inoffensives pour les oiseaux, poussent dans votre piscine à oiseaux.

Stephen Head, spécialiste des écosystèmes
aquatiques, Oxford Brookes University

De l'eau contenant des nutriments dissous, exposée à la lumière, se recouvrira tôt ou tard d'un film d'algues vertes issues de spores ou de fragments microscopiques.

D'où viennent les morceaux d'algues microscopiques ? Soit elles étaient sur le récipient, qui n'a pas été stérilisé, soit dans l'eau, qui n'est pas non plus stérile, soit elles ont été apportées par le vent ou par les oiseaux eux-mêmes.

Ceux qui, au bureau, utilisent des fontaines transparentes, savent que des algues peuvent apparaître si l'appareil est laissé trop longtemps au soleil. De fait, il m'est arrivé de boire un verre d'eau contaminé avant de m'en rendre compte. Je n'ai pas été empoisonné.

Ian Williamson

 ## Quand passent les sirènes

Quand une ambulance ou une voiture de police passent à proximité, tous les chiens du quartier se mettent à aboyer. Mon chat, lui, ne bronche pas. Pourquoi le son des sirènes irrite-t-il les oreilles des chiens et pas celles des chats ?

Michael Ham

La raison pour laquelle les chiens aboient est que, pour eux, une sirène ressemble à l'aboiement d'une meute de chiens, et qu'ils se mettent à l'unisson. Les ancêtres du chien actuel chassaient en meutes et aboyaient pour signaler la présence d'une proie. Même si la sirène ne fait pas exactement le bruit d'un aboiement, les chiens doivent y repérer des motifs sonores caractéristiques. Les chats, eux, chassent seuls : ils ne réagissent pas aux sirènes.

Anne Bloomberg

Votre correspondant devrait lire l'excellent *Dogwatching* (*Le Chien révélé*, Calmann-Lévy, 1987). L'anthropologue Desmond Morris y répond à 46 questions courantes. Il y apprendrait que, chez les familles musiciennes qui chantent à l'unisson, les chiens se joignent souvent au groupe avec leur conception particulière du chant.

Les chiens, les loups et les hommes ont de tout temps chassé ensemble. Aujourd'hui, cette connivence se retrouve chez les chiens de berger. Les aboiements, sifflements, yodels ou flûtes de berger sont des moyens de communication typiques entre hommes et chiens. Et une sirène n'est après tout qu'un aboiement amplifié. Ses montées et ses descentes, conçues pour créer la panique, atteignent parfaitement leur but, chez mon chien comme chez moi.

Ann Bradford Drummond

Œufs surprises

Un de mes amis, après avoir mangé des escargots, a emporté chez lui une coquille vide pour son petit garçon de 3 ans. La coquille était posée sur l'éta-gère de la cuisine. Deux jours plus tard, deux bébés escargots en sont sortis, alors que le papa ou la maman avaient été frits, mangés et digérés depuis longtemps. En supposant que mon ami ne se moque pas de moi, pouvez-vous me dire ce qui s'est passé ?

Dave Mitchell

Quelques lecteurs ont aussi cru à une bonne blague, mais il y a des explications plus simples.

Les œufs des escargots sont fertilisés et portés à l'intérieur de la coquille. Quand on prépare des escargots pour la cuisine, ils sont enlevés de leur coquille, mélangés avec du beurre, de l'ail et du persil, puis cuits. Ce n'est qu'après cuisson qu'on les remet dans leur coquille.

Les coquilles n'étant pas cuites (ou du moins à une température très inférieure), il n'est pas impossible que des œufs placés dans la coquille aient pu donner des petits.

Gregory Sams

L'escargot le plus consommé en Europe est *Helix pomatia*. On le connaît en Grande-Bretagne sous le nom d'« escargot romain » car il fut introduit par les Romains. L'espèce est commune dans toute l'Europe.

Les escargots proviennent le plus souvent d'éle-vages, mais ils peuvent être ramassés dans la nature. Ce sont des hermaphrodites mais, bien qu'ils pos-sèdent des organes reproducteurs des deux sexes, ils doivent s'apparier pour donner des œufs. Ensuite, un escargot peut garder le sperme qu'il a reçu jusqu'à un an avant la fécondation. Le plus souvent, les œufs sont pondus quelques semaines après la copulation.

Les œufs de *H. pomatia* sont déposés dans le sol à 5 ou 6 centimètres de profondeur. En deux jours, un escargot en pond une cinquantaine. Les petits escargots en sortent au bout d'un mois.

Dans le cas que vous exposez, il est évident que tout œuf présent dans la coquille pendant la cuisson aurait grillé. Cependant, il se peut que la coquille que votre ami a gardée n'ait appartenu à aucun des escargots consommés ce soir-là. Les escargots sont parfois livrés prêts à cuire, avec des coquilles séparées dans lesquelles on les place avant de servir. Il se peut que l'une d'elles ait gardé deux œufs dans ses compartiments internes.

Peter Topley

? Plantes grimpeuses

Il y a une vieille cheminée d'usine en brique, près de chez moi, sur laquelle a poussé un arbuste d'environ 1 mètre. J'ai vu aussi des falaises rocheuses ou des clochers d'église ornés de petits arbres. Comment font-ils pour survivre ? Où vont leurs racines ? Et si les arbres de mon jardin ont du mal à pousser dans un sol bien gras, pourquoi ceux-là poussent-ils sur de la brique ?

Jane Stephens

L'absence d'arbre sur la grande majorité des cheminées montre que des conditions peu ordinaires doivent être réunies. Les vieilles cheminées présentant des fissures permettent un accès des racines au sol. Par une année bien humide, il n'est pas exclu qu'une plante puisse ainsi croître à une altitude respectable.

Les cheminées d'usine sont faites d'un matériau très dur qui empêche l'intérieur de s'assécher. Si la pluie pénètre par une fissure au sommet, elle peut finir par constituer un écosystème favorable à la croissance des racines d'un arbuste, qui élargiront peu à peu les fractures entre les briques.

De nombreuses espèces, dont l'épilobe glanduleux, produisent des graines qui sont dispersées par le vent. Elles peuvent facilement atteindre le sommet d'une cheminée et y germer avant de disparaître par manque d'eau. Mais leurs racines subsistent et améliorent la capacité des briques à retenir l'eau.

L'arbuste de 1 mètre dont parle votre correspondant n'est guère comparable à un arbre d'une même hauteur dans un jardin. Il est probable que le premier est beaucoup plus vieux que le second, et ne pousse que lors des années humides. Il aura aussi davantage de branches et des feuilles plus petites aux pigments rouges – celles que tous les arbres stressés produisent. Il perdra d'ailleurs souvent ses feuilles, afin de réduire ses besoins en eau.

Il peut s'agir aussi d'une espèce exotique. Dans notre région, relativement sèche, le buddleia pousse très facilement : on trouve des plants de 30 centimètres sur les murs, et j'en ai vu un de 2 mètres à l'endroit où une gouttière se déversait sur le mur. Les racines avaient pénétré dans le mur calcaire et l'avaient presque détruit.

Ian Hartland

Les murs peuvent receler suffisamment d'eau pour entretenir une plante, et l'air contient toujours assez de CO_2. Les fientes d'oiseau, la poussière et les minéraux dissous dans la roche apportent les autres nutriments requis. Certains épiphytes comme la tillandsia et autres «plantes aériennes» tirent leurs nutriments minéraux de la poussière.

Les arbres de jardin, qui ne sont généralement pas des épiphytes, ne sont pas très doués pour grimper aux murs ou aux autres arbres. Mais nombre de figuiers, et singulièrement le figuier étrangleur, ont initialement la taille d'un bonsaï quand ils germent, sur un mur, d'une graine déposée dans une fiente d'oiseau. Ensuite, ils croissent vers le haut jusqu'à ce que mort s'ensuive, ou qu'une de leurs racines aériennes s'enfonce dans le sol.

Jon Richfield

Près de chez moi se trouvent d'anciennes carrières d'ardoise, que diverses associations écologiques tentent de réhabiliter. Une méthode consiste à apporter de la terre par camion et à replanter les versants des remblais. L'ennui est que les pentes d'ardoise drainent si bien l'eau de pluie que les remblais s'effondrent et que les plants s'assèchent.

Une autre méthode, moins gourmande en énergie, consiste à ensemencer les tas d'ardoise avec des graines sélectionnées, et à planter des perchoirs à oiseaux de-ci de-là. Les oiseaux mangent les graines au sol, puis se posent et ensemencent sous les perchoirs, en produisant un engrais naturel.

Quand les arbustes commencent à pousser, ils constituent de nouveaux perchoirs pour les oiseaux, et concentrent l'engrais là où il est utile. Ces plantes, grâce à leur ombre et leur tapis de feuilles, provoquent la croissance de mousses et d'herbes, qui retiennent le sol et l'eau.

Selon moi, c'est ce processus qui explique la survie d'arbres dans des murs en brique. Les oiseaux qui nichent ou se posent sur ces murs apportent en même temps les graines et l'engrais pour les faire pousser. Les mousses doivent aussi jouer leur rôle en transformant peu à peu l'argile des briques en terre plus ou moins fertile. L'absence de véritables racines mène à des arbustes «torturés» du genre bonsaïs.

Jeremy Watkins

Patates tueuses

Quand j'étais petit, ma grand-mère m'interdisait de manger les parties des pommes de terre où la peau était devenue verte. J'ai appris depuis que cette peau contenait des toxines semblables à celles de la belladone. Cette toxine est-elle mortelle, et combien faudrait-il en manger pour tomber malade ? Le problème se pose-t-il aussi pour les espèces apparentées, aubergines et ignames ?

Emily Jane Horseman

Les pommes de terre appartiennent à la famille des solanacées, qui comprend les tomates, les poivrons, les aubergines, le tabac et la belladone. Elles produisent toutes dans leurs feuilles, leurs racines et leurs fruits des alcaloïdes comme la solanine. Cet alcaloïde étant insoluble, il ne peut être enlevé ni par lavage ni par cuisson.

Même chez les espèces comestibles, les feuilles,

racines et fruits peuvent contenir de fortes concentrations de glycoalcaloïdes, et ne doivent en aucun cas être consommés. Les pommes de terre doivent être conservées dans des endroits secs, frais et sombres : exposées à la lumière, elles développent des concentrations excessives de glycoalcaloïdes, qui se signalent par une couleur verte caractéristique.

Il y a eu des morts par empoisonnement à la solanine. Un rapport de l'Organisation mondiale de la santé indique qu'aucun niveau minimal de solanine n'est acceptable dans la nourriture, sauf les 10 à 100 milligrammes par kilo que l'on trouve dans les pommes de terre stockées dans de bonnes conditions.

La dose létale doit être de l'ordre de 3 milligrammes de glycoalcaloïdes par kilo de masse corporelle. Un adulte de 70 kilos devrait donc consommer 2 kilos de pommes de terre, ce qui mènerait plus sûrement à des problèmes intestinaux qu'à la mort. Des pommes de terre à forte concentration en solanine, d'autre part, auraient un goût très désagréable.

On dit parfois que si les pommes de terre avaient été introduites de nos jours en Europe, et non au XVIe siècle, elles seraient interdites par les autorités sanitaires de l'Union européenne. De fait, aux États-Unis, un homme a de peu échappé à la mort par consommation de la variété Lenape, introduite en 1964.

La génétique des pommes de terre est complexe, et les tentatives pour produire de nouvelles variétés à partir de la souche génétique étroite des hybrides introduits en Amérique latine ont souvent donné des plantes à très forte concentration en solanine.

Mike Follows

Quand une pomme de terre est exposée à la lumière, sa concentration en solanine augmente, protection naturelle qui la rend inconsommable par les animaux : une plante tend à se reproduire, pas à se faire manger. La solanine donne à la pomme de terre un goût amer, qui déclenche l'action de l'acétylcholine. Ce neurotransmetteur assèche la bouche et donne des palpitations. À haute dose, il cause le délire, des hallucinations et une paralysie générale.

Le vert d'une pomme de terre toxique est simplement celui de l'inoffensive chlorophylle, mais il prévient du niveau élevé de solanine. Il vaut mieux jeter la patate entière, et faire de même avec les patates germées et celles qui ont bruni. La dose fatale de solanine se trouve entre 3 et 6 milligrammes par kilo de masse corporelle pour un adulte, soit entre 200 et 500 milligrammes en tout. Des pommes de terre correctement stockées contiennent de l'ordre de 200 milligrammes par kilo, ce qui signifie qu'un kilo de patates peut suffire à tuer un adulte de petite taille. La solanine est concentrée dans la peau : peler les patates enlève 30 à 90 % de la toxine. Dans l'ancien temps, on les stockait dans des sacs en papier et à l'abri de la lumière. Aujourd'hui, on les lave et on les expose à la lumière, ce qui augmente le risque. Avec une exposition à la lumière à 16 °C, la concentration en solanine est multipliée par quatre toutes les vingt-quatre heures. À 75 °C, ce chiffre monte à neuf, ce qui porte la concentration à 1 800 milligrammes par kilo de peau.

Les tomates et les aubergines contiennent aussi de la solanine en quantités variables, selon le mûrissement et le flétrissement. La nicotine du tabac ressemble beaucoup à la solanine, mais la haute température à laquelle elle est portée diminue sa toxicité : manger une cigarette est beaucoup plus dangereux que la fumer.

Craig Sams

Les aubergines, qui sont de la même famille que les pommes de terre, contiennent aussi de la solanine, en plus d'histamine et de nicotine. On connaît des cas d'allergie au fruit et à son pollen, dus à l'histamine. Cependant, la plupart des composés toxiques ont été éliminés par sélection des variétés comestibles.

Les ignames ne sont pas de la même famille, mais elles comportent aussi des tannins et des polyphénols toxiques, ainsi que divers alcaloïdes, dont certains ont joué un rôle dans la synthèse de la pilule contraceptive. Quelques variétés contiennent de la dioscoride, alcaloïde amer très soluble qui provoque des symptômes graves. On résout ce problème en lavant les ignames à l'eau salée ou à l'eau chaude.

Derek Matthews

 Taupe niveau

Chaque automne, mon jardin s'orne de taupinières reliées par des tunnels peu profonds. Quelle est la taille d'un réseau de tunnels ? Un tel réseau se développe-t-il constamment ? Sinon, combien de temps dure-t-il ? Et si les taupes sont des animaux solitaires, leurs réseaux de galeries se rencontrent-ils ? Sinon, comment font les taupes pour se reproduire ?

Alan Rowe

La profondeur et l'étendue d'un réseau de galeries de taupe *(Talpa europeana)* dépendent beaucoup de la nature du sol et de la profondeur de la nappe phréatique. Les vers de terre et autres invertébrés étant la nourriture principale de la taupe, il est évident qu'une taupe vivant dans une prairie riche en vers aura besoin d'un réseau moins étendu qu'une taupe vivant dans un sol très acide.

Les taupes agrandissent à la demande leur réseau, et abandonnent les parties qui viennent à perdre leur productivité. Elles creusent plus profond en automne, quand les basses températures incitent les vers de terre à s'enfoncer dans le sol. Au printemps, les taupes reviennent dans leur réseau de surface qu'elles réparent au besoin.

Ces animaux très solitaires, en dehors d'une brève période de reproduction au printemps, expulsent les intrus de leurs galeries. Dans les zones à forte population « taupière », il arrive que deux réseaux de galeries s'interpénètrent.

En février et en mars, les mâles quittent leur territoire en quête de femelles, qu'ils repèrent probablement à l'odeur. Mais on sait fort peu de choses sur le comportement amoureux de la taupe…

Andrew Halstead, Royal Horticultural Society,
Londres

La plupart des tunnels creusés par les taupes sont en réalité des pièges très sophistiqués pour attraper les invertébrés dont elles se nourrissent. La taille de ces pièges dépend de la quantité de proies disponibles. Moins il y en a, plus les galeries sont étendues.

Les taupes sont des créatures solitaires, mais il arrive que des groupes se forment et coopèrent. Là où il y a beaucoup de nourriture mais peu d'eau, un tunnel commun est parfois creusé vers une source. Les taupes coopèrent aussi, dans les zones sujettes à des inondations périodiques, pour bâtir une chambre spéciale où les petits seront à l'abri. La taupe est un excellent nageur, presque aussi bon que son cousin, le desman des Pyrénées, qui est un talpidé semi-aquatique.

Mike Eastham

Le territoire d'une taupe adulte couvre une surface de 2 000 à 7 000 m². Les mâles ont des territoires plus grands que les femelles. Selon la profondeur du sol, une taupinière peut comprendre jusqu'à six niveaux de galeries.

Les tunnels de surface sont creusés en écartant la terre et en la compactant avec le corps contre les parois. Les galeries plus profondes exigent une autre technique : une phase d'excavation, suivie, après une volte-face, d'une phase d'expulsion de la terre vers le haut jusqu'en surface, ce qui donne la fameuse taupinière qui rend fous les jardiniers.

L'investissement en énergie que représente un réseau de galeries explique que, une fois construit, ce système est ardemment défendu. Les galeries se croisent rarement et, quand c'est le cas, des dépôts de marqueurs chimiques indiquent claire-ment les frontières. Si un propriétaire s'absente assez longtemps pour que ces marqueurs disparaissent, son réseau sera envahi par des concurrents.

Lillian Walker

Le pas de la girafe

Lors d'un récent voyage au Kenya, j'ai remarqué que les girafes vont l'amble : les deux pattes d'un même côté font le même mouvement, contrairement aux chevaux et aux autres quadrupèdes. Je crois qu'aucun autre ruminant (à part le chameau et l'okapi) ne marche de cette façon. Quelqu'un connaît-il la cause biomécanique de cela ? Et cette forme de locomotion est-elle plus efficace qu'une autre ?

Roger Santer

Les girafes et les chameaux ont de longues pattes, des corps relativement courts et de grands pieds. L'explication la plus simple est que l'amble leur évite de se marcher sur les pieds.

Attribuons à chaque patte un chiffre : 1 (arrière gauche), 2 (avant gauche), 3 (avant droit) et 4 (arrière droit). La plupart des mammifères marchent en bougeant leurs pieds chacun à son tour, à des intervalles de temps à peu près égaux :

2**4**3**1**2**4**3**1, etc.

Les astérisques indiquent la durée des intervalles : * est court ; **** est long.

Au trot, les pattes se déplacent par paires, en diagonale :

(2+4)****(3+1)****, etc.

Les chameaux procèdent différemment, en déplaçant les pattes du même côté ensemble :

(1+2)****(4+3)****, etc.

Votre correspondant dit que les girafes font de même, mais ce n'est pas tout à fait vrai. Des analyses de films dues au zoologiste Milton Hildebrand montrent que les girafes procèdent ainsi :

2***4*3***1*2***4*3***1*, etc.

L'alternance des durées fait que les pattes avant se déplacent légèrement après les pattes arrière.

Au trot, la patte avant revient vers l'arrière quand la patte arrière avance, ce qui pose un problème. À l'amble, les pattes suivent le même mouvement. Certains chiens à longues pattes préfèrent aussi l'amble au trot. Mais il est vrai que les girafes et les chameaux galopent très bien, ce qui augmente le risque de collision des pattes.

Hildebrand a filmé l'amble chez le guépard, l'hyène et certaines antilopes à longues pattes. Il semble qu'aucune étude n'ait été réalisée pour quantifier l'énergie dépensée par les divers types de locomotion, mais je suppose que les différences sont faibles.

R. McNeill Alexander, professeur émérite de zoologie, université de Leeds

Le paradoxe du septième étage

Un ami m'affirme que l'on peut laisser tomber un chat de n'importe quelle hauteur : sa vitesse d'atterrissage sera toujours inférieure à celle à laquelle il serait blessé. Quelqu'un peut-il me dire s'il a raison, car mes chats commencent à le regarder d'un drôle d'air ?

Anna Goodman

Deux vétérinaires américains ont étudié cette question en 1987. Leurs conclusions, sous le titre

«High-rise syndrome in cats», ont été reprises par la revue *Nature* l'année suivante.

Les auteurs ont examiné les blessures et les taux de mortalité suite à des chutes depuis des hauteurs allant de 2 à 32 étages. La mortalité était faible, puisque 90 % avaient survécu, ce qui pourrait confirmer les dires félinophobes de votre ami. Curieusement, la mortalité s'est révélée maximale pour des chutes d'une hauteur de 7 étages.

L'article de *Nature* identifie trois facteurs déterminants : la vitesse atteinte par le matou, la distance nécessaire à son arrêt complet, et la surface du matou sur laquelle se répartit la force de freinage. Une rue en béton n'est guère généreuse en distance d'arrêt, mais les chats s'en relèvent souvent indemnes, mieux en tout cas que leurs propriétaires, car leur vitesse terminale est assez faible et car ils absorbent très bien les chocs. Un chat en chute libre a un rapport surface/masse très supérieur à celui d'un homme ; sa vitesse limite, atteinte après une phase d'accélération, ne dépasse pas 100 km/h, soit la moitié de celle atteinte par un homme. Les chats sont aussi capables de se retourner en vol, ce qui leur permet toujours de répartir l'impact sur quatre pattes, et non deux. Leur structure osseuse étant plus flexible que la nôtre, ils dissipent très efficacement les forces de l'impact.

Pour expliquer le paradoxe du septième étage, les auteurs avancent qu'un chat en phase d'accélération est plus tendu, et donc moins «amortissant», qu'un chat ayant atteint sa vitesse limite : ce dernier, plus détendu, présente une surface maximale à l'avancement.

John Bothwell

Quand un chat atterrit, il plie les pattes pour absorber le choc. Ce mouvement rapproche leur tête du sol et, au-delà d'une certaine hauteur, c'est la mâchoire inférieure qui est le plus souvent fracturée.

Nikki Lough

J'ignore quelle est la vitesse maximale atteinte par un chat en chute libre, mais cela me rappelle une histoire célèbre.

Puisque les chats atterrissent toujours sur leurs pattes, et les tartines beurrées toujours du côté beurré, on peut fabriquer une machine à mouvement perpétuel en attachant une tartine beurrée (beurre vers le haut) sur le dos d'un chat. En chute libre, les deux forces opposées feront tourner l'ensemble indéfiniment.

Catherine

Les risques encourus par divers animaux lors d'une chute libre ont été évalués en 1927 par le biologiste et prix Nobel J.B.S. Haldane, dans *Possible Worlds and Other Essays* :

Pour une souris ou un animal plus petit, la gravité ne représente pratiquement aucun danger. Laissez tomber une souris dans un puits de mine de 1 000 mètres ; elle éprouvera un petit choc à l'arrivée, puis se remettra à trottiner.

Soumis à la même expérience, un rat serait tué, un homme fracassé, un cheval réduit en bouillie. Car la résistance de l'air est proportionnelle à la surface de l'objet qui tombe. Divisez la longueur, la largeur et la hauteur d'un animal par 10 ; son poids sera divisé par 1000, mais sa surface ne le sera que par 100. Le freinage aérodynamique d'un petit animal sera donc

10 fois plus grand que la force qui le tire vers le bas – son poids. Un insecte ne craint donc pas la gravité. Il peut tomber sans problème, et s'accrocher au plafond sans souci.

John Forrester

L'abeille du Nord-Express

L'autre jour, en rentrant chez moi en train, j'ai vu une grosse abeille entrer par la fenêtre du compartiment. Elle est repartie à la station suivante, environ 20 kilomètres plus loin. Peut-être rentrait-elle aussi du boulot. Cette abeille retrouvera-t-elle son chemin et, à défaut, pourrait-elle s'intégrer à une colonie différente de la sienne, ou serait-elle rejetée de la ruche ?

Chris Ball

Il y a une bonne chance que cette abeille retrouve le chemin de sa ruche. Sa taille indique qu'il s'agissait d'une reine ou d'un bourdon – de l'espèce *Bombus*. Les abeilles font des vols de reconnaissance autour de leur ruche pour mémoriser des éléments de paysage remarquables. Elles naviguent aussi au soleil, utilisant leur horloge interne pour tenir compte de ses mouvements.

Mon collègue Mark O'Neill a relâché des ouvrières de *Bombus terrestris* et *Bombus pratorum* à diverses distances de leur ruche allant jusqu'à 6 kilomètres. Toutes sont rentrées sans problème. Elles ont été emmenées en voiture au point de lâcher, de façon à perturber leur système de navigation. Mais il est probable que leur horloge interne, prenant en compte le mouvement du soleil dans l'intervalle, leur a donné une direction de départ à partir de laquelle elles ont retrouvé leurs marques habituelles.

Cette capacité à revenir à la ruche est vitale pour les abeilles, qui se déplacent sur de grandes distances. Les grandes femelles des abeilles solitaires *Anthrophora* et *Proxylocopa*, que j'ai étudiées dans le désert du Neguev, parcourent au minimum 8 kilomètres par jour pour rejoindre leurs sources de nourriture. Les ouvrières d'*Apis mellifera*, plus petites, s'éloignent à plus de 13 kilomètres, et l'on a vu des abeilles tropicales à 30 kilomètres de leur ruche.

Si votre abeille voyageuse était une reine *Bombus*, elle aurait pu s'intégrer à une autre colonie de la même espèce en se tapissant au fond de la ruche pour s'imprégner de son odeur, ce qui désamorcerait l'agressivité des occupants. Une reine en période de ponte pourrait tuer la reine résidante et prendre sa place, mais une abeille désorientée et fatiguée serait tuée par les ouvrières locales. Tout cela est également vrai pour les bourdons.

Une femelle d'*Anthrophora* incapable de trouver son nid pourrait en creuser un nouveau si les conditions s'y prêtaient. Mais pour autant que je sache, personne ne l'a jamais vérifié.

Chris O'Toole, Systématique des abeilles,
musée d'Histoire naturelle, université d'Oxford

Fruit défendu

Pourquoi les ananas sont-ils défendus par de redoutables piquants ? Un fruit sucré aurait pourtant tout intérêt à se faire plus accueillant aux préda-

teurs afin que ses graines soient mieux disséminées.
Qu'est-ce qui assure l'essaimage chez l'ananas ?

Colin Wilson

La réponse la plus simple est que les ananas ne sont pas mangés par les animaux dans l'état où nous les mangeons, mais quand, beaucoup plus mûrs, voire pourris, ils tombent sur le sol de la forêt.

Ananas comosus est originaire du sud du Brésil et du Paraguay. Il a été importé par les tribus amérindiennes en Amérique centrale et aux Antilles. Cette plante herbacée, qui atteint 1,5 mètre de hauteur et 1 mètre de largeur, possède une rosette de feuilles épineuses autour d'un bourgeon apical. Ce bourgeon donne une tige qui se garnit d'inflorescences rouges reliées à la plante par des feuilles particulières, les bractées. À l'état sauvage, l'ananas est pollinisé par les oiseaux-mouches, ce qui donne, dans le fruit, des petites graines dures.

Les ananas de culture, chacun le sait, n'ont pas de graines. Comme les bananes, en effet, les ananas donnent des fruits même s'ils n'ont pas été pollinisés.

Le fruit de l'ananas résulte de la fusion de 100 à 200 petits fruits logés dans une tige comestible. L'ovaire de chaque fleur devient une baie, et toutes les baies se rassemblent pour donner une masse unique. Ce fruit multiple s'appelle une « sorose ». La peau, dure et huileuse, contient le reste des fleurs et des feuilles épineuses.

L'ananas peut germer à partir d'une graine, mais il peut aussi se bouturer facilement, soit par séparation des rejets, soit en prélevant et en plantant la couronne de feuilles. Le fruit que l'on achète aujourd'hui est très différent de son ancêtre sauvage d'Amérique du

Sud. Beaucoup plus petit, celui-ci était consommé après que, tombé au sol et mûri au sol pendant plusieurs jours, il s'était ramolli suffisamment pour s'ouvrir tout seul.

Nous mangeons les ananas et les bananes avant qu'ils ne soient mûrs, mais les animaux de la forêt préfèrent attendre, surtout les singes et petits mammifères qui disperseront très efficacement les graines.

Merci à Philip Griffiths, du Jardin botanique royal de Kew

Vol en V

J'ai lu il y a longtemps que plusieurs théories s'affrontaient pour expliquer le vol en V des oies. Quelqu'un connaît-il la bonne théorie ?

Bruce Shuler

Quand l'oiseau de tête bat des ailes, deux tourbillons se créent à l'extrémité de ses ailes. Ces « tubes d'air » tournants sont tels que leur partie supérieure se déplace vers l'avant et leur partie inférieure vers l'arrière. L'oiseau qui suit bénéficie d'une meilleure portance et se voit tiré vers l'avant par le tourbillon : il dépense moins d'énergie. Pour bénéficier de cette traction gratuite, l'oiseau suiveur doit se placer aux extrémités des ailes du premier, ce qui donne la classique formation en V.

Surgit alors une autre question : pourquoi les oiseaux du troisième rang ne se placent-ils pas aux deux extrémités de ceux du deuxième rang, pour donner un vol en arborescence ? Le problème est qu'ils seraient alors si proches que leurs deux ailes subiraient des influences contradictoires de la part des deux tourbillons différents.

David Mann

Il y a des tourbillons d'air au-dessus, en dessous et à l'arrière de l'aile d'un avion. Un autre avion peut effectivement être « tiré » par le premier s'il se place juste au-dessus du tourbillon arrière.

Les oiseaux aussi profitent du moindre mouvement d'air susceptible d'améliorer leur portance. En groupe, ils se placent derrière un oiseau de tête, lequel repasse en queue dès qu'il est fatigué ou lors d'un changement de direction. Les spécialistes de vol à voile utilisent la même technique. En volant derrière un autre planeur, légèrement décalé par rapport à lui, on finit par le rattraper.

Alan Calverd

Chez nous, à Black Isle en Écosse, nous avons souvent l'occasion d'observer des vols d'oies en formation. Il me semble que le vol en V résulte de divers facteurs, dont aucun n'est en rapport avec l'aérodynamique des tourbillons aux extrémités des ailes.

La théorie des tourbillons est basée sur ce que l'on sait des ailes d'avion, qui sont fixes. Le vol battu des oiseaux donne des motifs de tourbillons plus complexes et moins bien compris. Une chose est cependant certaine : un oiseau voulant tirer parti du sillage de son prédécesseur devrait battre des ailes en phase avec lui. En réalité, chaque oiseau bat des ailes à son propre rythme.

Les oies, en migration ou non, suivent l'oiseau de tête placé à la pointe du V. Cela est à l'opposé du comportement des étourneaux, qui calquent leur vol sur celui de leurs voisins proches. L'oiseau de tête détermine la direction et l'altitude, mais la forme même du vol est déterminée par chacun de ses individus. On voit d'ailleurs parfois des petits nuages d'étourneaux se scinder du vol principal, puis le rejoindre, ce qui mène souvent à un changement d'oiseau de tête. Pour qu'apparaisse ce genre de comportement, il suffit que chaque oiseau suive celui qui se trouve devant lui. Cela interdit le placement purement aléatoire, aussi bien que le placement en ligne, de front. Le vol en échelon, ou en V, est donc la seule possibilité.

Les yeux de l'oie, contrairement à ceux des oiseaux de proie, sont placés sur les côtés de la tête, ce qui donne une bonne vision périphérique mais laisse un point aveugle devant et en dessous. Si une oie suivait directement celle qui la précède, elle devrait sans cesse tourner la tête afin de la suivre, ce qui impliquerait un battement d'ailes asymétrique très coûteux en énergie. Elle devrait aussi voler légèrement en dessous de la première pour échapper aux turbulences, ce qui la mettrait en revanche aux premières loges en cas de défécation. La seule solution praticable est donc la formation en V.

Charlie Bateman

Les explications données ici semblent contradictoires. De fait, cette question voit depuis longtemps s'affronter les partisans de l'aérodynamisme contre ceux du comportement, comme Charlie Bateman. Et il y a de bonnes raisons de penser qu'ils ont tous raison.

De nombreuses observations montrent que le vol en V permet à la fois de surveiller ses voisins et de rendre plus difficile la tâche d'un prédateur qui chercherait à isoler un oiseau en particulier.

Mais il est aussi vrai que le vol en V minimise la consommation d'énergie. Des expériences rappor- *tées en 1970 dans la revue* Science *par P. Lissaman et C. Shollenberg (vol. 168, p. 1003) ont montré que le vol en V permet aux oiseaux de voler 70 % plus loin. Plus récemment, un groupe de chercheurs français mené par Henri Weimerskirch a mesuré les fréquences cardiaques et de battement d'ailes de grands pélicans blancs volant, ou non, en formation (*Nature, vol. 413, p. 697). Ces expériences très ingénieuses ont eu lieu au Parc national Djoudj, au Sénégal, avec des oiseaux spécialement entraînés à suivre des ULM ou des bateaux à moteur. Les pélicans étaient filmés, et des moniteurs cardiaques fixés sur leurs dos. Le résultat est que le vol en formation procure effectivement un avantage aéro-dynamique, en ce qu'il améliore le temps pendant lequel l'oiseau peut planer.*

Les pélicans ne volent pas toujours à la distance optimale, du point de vue aérodynamique, de leurs voisins, et d'autres oiseaux volent en formation sans en tirer aucun avantage aérodynamique. Les oies elles-mêmes adoptent parfois des formations très défavorables.

Il semble donc bien que le vol en formation pré-sente de nombreux avantages, et que l'aérodyna-mique et le bénéfice comportemental aient évolué ensemble.

⚡ Fluffy fera pas de vieux os

Fluffy, mon cochon d'Inde, est mort il n'y a pas longtemps. Je l'ai enterré dans une boîte à chaussures à 75 centimètres de profondeur, et je demande tout le temps à Maman si Fluffy est que des os. Mais elle ne sait pas me répondre.

Dimitri

Fluffy a été enterré il y a un mois. Notre jardin se trouve près de la baie de San Francisco, où le climat est tempéré. Dimitri n'arrête pas de me demander : « Est-ce que maintenant, Fluffy n'est plus que des os ? » Pourriez-vous me donner quelques informations sur la décomposition des corps afin que je puisse lui répondre ? Le sujet est un peu bizarre pour un garçon de 8 ans, mais mon fils s'intéresse beaucoup à la science.

La Maman

Dimitri Maxwell et Kathleen Wentworth

Chère Maman de Dimitri,

Merci d'avoir transmis cette très intéressante question. Mon mari et moi-même sommes biologistes, enseignants, et avons aussi une ferme dans la région de San Francisco. Cette question ne me paraît ni étrange ni macabre, car je sais que les enfants, dès qu'il s'agit de la chaîne alimentaire, s'intéressent beaucoup à son aspect « décomposition ».

Cher Dimitri,

Il n'est pas facile de te répondre avec précision.
Mon mari et moi sommes biologistes et fermiers. Et
les fermiers, surtout ceux qui élèvent du bétail, finis-
sent par enterrer beaucoup d'animaux. Malgré cela,
nous ne savons toujours pas quand une carcasse
commence à se décomposer.

Il y a beaucoup de facteurs qui interviennent dans
la décomposition de la chair, de la peau et des poils.
Je pense que ton Fluffy ne sera pas « que des os »
avant six bons mois ; et comme tu l'as enterré assez
profond, je crois qu'il faudra une bonne année.

C'est en tout cas ce que nous avons observé avec
des rats et des taupes. Quantité d'animaux travail-
lent à la décomposition, qui consiste à refaire passer
dans le sol les substances de Fluffy. Il y en a de
nombreuses sortes, mais je vais te dire un mot de
ceux qu'on appelle les « décomposeurs ».

Les bactéries et les champignons vivant dans le
sol et dans les corps eux-mêmes vont s'occuper des
parties molles de l'animal, en en restituant les éléments chimiques aux plantes et aux organismes du
sol. Trois facteurs interviennent dans ce cycle.

Le premier est que certains sols contiennent
davantage de bactéries que d'autres. Ensuite, la plupart des micro-organismes ont besoin d'oxygène, et
plus on s'enfonce dans le sol, moins il y en a. Enfin,
la plupart des décomposeurs adorent la chaleur et
l'humidité. À 75 centimètres de profondeur, ton sol
doit être aux alentours de 13 °C, ou moins. Et l'humidité ne doit pas être très forte. Comme tu le sais,
notre région n'a pas eu beaucoup de pluie l'été dernier.

Il m'est arrivé d'enterrer une taupe en été, pas
aussi profond que Fluffy et pas dans une boîte, et de
la déterrer en bêchant le jardin six mois plus tard :

elle n'était pas encore que des os. C'est pourquoi je pense qu'il faudrait six mois de plus.

Certains invertébrés plus grands peuvent aider à la décomposition de la boîte à chaussures, et de Fluffy. Certains ne se nourrissent que de viande, d'autres, tel le coléoptère appelé dermeste, que de peau ou de poils. Les musées d'Histoire naturelle où sont préparés des spécimens d'animaux gardent des colonies de dermestes pour nettoyer les carcasses. On en trouve aussi beaucoup sur le bétail et dans les bois, où ils agissent comme nettoyeurs.

Il y a d'autres invertébrés carnivores qui vivent dans le sol, fourmis, vers et scarabées par exemple. Mais ils sont surtout en surface, et ne s'occuperont pas de Fluffy à 75 centimètres de profondeur.

De toute façon, même les os finiront par disparaître ; seules les dents resteront encore quelque temps : l'émail, très dur, est extrêmement résistant. Enfin, je doute, si tu creusais d'ici un an ou deux, que tu retrouves les os de Fluffy bien rangés. Ils seront sûrement disséminés à droite à gauche par tous ces animaux.

Il existe un centre de médecine légiste (qui s'intéresse aux meurtres) spécialisé dans l'étude de la décomposition des carcasses. L'anthropologue judiciaire Douglas Ubelaker en parle dans son livre *Bones* (Les os). Mais il semble que même les spécialistes sont loin de tout savoir sur ce phénomène.

Molly

Le temps nécessaire pour qu'un animal comme Fluffy se décompose et soit réduit à l'état de squelette est très variable et dépend de nombreux paramètres. En particulier la saison, la température, la pluviométrie, la profondeur d'enfouissement, le pH du sol et la taille du corps. La présence d'une boîte ou d'un sac ralentit aussi le phénomène. Vu la profondeur d'enfouissement, je crois que Fluffy est loin d'être à l'état de squelette.

Leslie Eisenberg, anthropologue,
expert en médecine légiste

L'oseille contre l'ortie

Pourquoi les feuilles d'oseille sont-elles efficaces contre les piqûres d'ortie ? Et le sont-elles aussi pour les piqûres d'insecte ?

Tim Crow

Frotter une piqûre d'ortie avec une feuille de « patience » (du genre *Rumex*, herbe très commune sous le nom d'oseille, oseille épinard ou petite oseille, à fleurs vertes ou rouges) atténue la douleur car l'oseille contient une base qui neutralise l'acide de l'ortie. Les abeilles et les fourmis ont aussi des piqûres acides, qui peuvent être traitées à l'oseille, mais le savon ou le bicarbonate de soude marcheront mieux encore.

En revanche, une feuille d'oseille est inefficace si vous êtes piqué par une guêpe, qui injecte une base. Pour neutraliser une piqûre de guêpe, il faut utiliser un acide, du vinaigre par exemple.

Peter Robinson

? Mais qui mange les guêpes ?

> *Lors d'une discussion avec des amis à propos des chaînes alimentaires, quelqu'un a demandé quel animal mangeait les guêpes. « Des oiseaux stupides » a été la réponse. En savez-vous davantage ?*

Tom Eastwood

La guêpe a bien sûr sa place dans les chaînes alimentaires. Au point que la question serait plutôt : qu'est-ce qui ne se nourrit pas, d'une façon ou d'une autre, de cet insecte potentiellement dangereux ?

Voici quelques amateurs de guêpes – des invertébrés d'abord : des libellules *(Odonata)*, des mouches (diptères), des scarabées (coléoptères), des papillons de nuit (lépidoptères) et des guêpes (hyménoptères), chez qui les espèces plus grandes se nourrissent des plus petites ; par exemple, *Vespula maculata* mange *Vespula utahensis*.

Parmi les vertébrés, maintenant : de nombreuses espèces d'oiseaux, les skuns, les ours, les blaireaux, les chauves-souris, les fouines, les rats, les souris et – *last but not least* – l'homme. Moi-même j'ai trouvé beaucoup de goût aux larves de guêpes frites au beurre.

Orvis Tilby

Un ouvrage de référence sur les oiseaux d'Europe, *The Birds of the Western Palearctic*, compte 133 espèces qui se nourrissent occasionnellement de guêpes. On y trouve des oiseaux inattendus, comme le pouillot fitis, le gobe-mouches noir et le martinet à ventre blanc, mais deux groupes sont particulièrement vespivores (amateurs de guêpes). Les guêpiers d'Europe (méropidés) débarrassent d'abord leurs proies de leur dard en les cognant sur des branches. Et les buses bondrées, ou bondrées apivores, saccagent à l'occasion les nids de guêpes et les ruches en quête de larves.

Simon Woolley

J'ai pris une photo, dans mon jardin, d'un gros insecte dont le proboscis (trompe) est planté dans le corps d'une guêpe, pour en aspirer les fluides internes.

Tim Hart, îles Canaries

En juillet 1972, je plongeais au large de l'île de Santa Catalina, au sud de la Californie. Je suis rentré alors que le soleil se couchait. Dans une crevasse à la base d'une falaise, j'ai vu un crabe qui venait d'attraper une guêpe encore vivante.

J'ai pris une photo montrant la pince gauche du crabe tenant une partie de la guêpe tandis que la droite portait l'abdomen vers son orifice buccal. Le crabe semblait apprécier.

Garry Tee

Les blaireaux déterrent les nids de guêpes et mangent les larves. Pendant l'été 2003, j'ai vu un nid souterrain saccagé par des blaireaux.

Tony Jean

J'observais, au bord d'un étang, une guêpe qui rampait de-ci de-là, puis qui s'arrêta pour boire. Il y eut un remous dans l'eau. Une grenouille émergea soudain, et engloutit la guêpe.

La grenouille ne semblait nullement incommodée. J'ai alors capturé une autre guêpe, l'ai jetée sur l'eau et ai attendu. La grenouille s'est fait désirer mais il y eut un autre remous et c'est un poisson rouge, cette fois, qui vint happer la guêpe.

Je me demandai alors si le poisson pourrait manger d'autres guêpes. Je fis un carnage de guêpes et les jetai sur l'étang. Certaines s'échappèrent, d'autres furent mangées par le poisson, et d'autres par les grenouilles.

John Croft

Rentrant tard à la maison, j'ai entendu le bruit d'une guêpe coincée contre la fenêtre de la cuisine. Elle semblait bloquée au bas de la fenêtre, incapable de voler correctement. En regardant de plus près, j'ai vu qu'une minuscule araignée rouge, vingt fois plus petite qu'elle, la tenait par l'abdomen. Le lendemain, il ne restait que l'exosquelette transparent de la guêpe.

John Walter Haworth

2. Notre corps

? Comme une casserole

Mon ami Paul chante comme une casserole ; moi, ce serait plutôt comme un hippopotame blessé. Y a-t-il des particularités anatomiques qui permettent de chanter juste ?

Chris Newton

Comme le son produit par tous les instruments de musique, la voix humaine est avant tout déterminée par la résonance qui prend place dans le larynx et la bouche. Un grand ténor italien a légué son larynx à la science : l'air mis en vibration par ses cordes vocales ne présentait aucune particularité.

La qualité d'une note émise par un chanteur vient de ce que la vibration dite fondamentale, celle qui détermine la hauteur de la note, s'accompagne d'une série d'harmoniques de fréquences doubles, triples, etc., de la fréquence fondamentale. Certains harmoniques sont tributaires de l'anatomie – forme des dents, de la mâchoire et des sinus –, mais d'autres viennent de la maîtrise de l'oropharynx, partie de la gorge située en arrière de la bouche. Il est donc probable que les individus doués d'une voix agréable ont une conformation anatomique adéquate.

David Williams

La voix résulte du passage de l'air dans le larynx, dont la partie avant est la pomme d'Adam, souvent bien visible chez les hommes. Au fond du larynx se trouvent les cordes vocales, paire de muscles plats dont l'épaisseur, la surface et la tension peuvent être contrôlées. Les cordes vocales s'ouvrent quand on respire, mais on les resserre pour produire un son. La pression de l'air augmente jusqu'à les séparer, mais l'air passe par bouffées en succession rapide, ce qui donne un son d'autant plus aigu que les cordes sont serrées, et la succession rapide.

Les mots, parlés ou chantés, sont créés par la modulation de ce flux d'air. La plupart des consonnes s'obtiennent en laissant passer l'air d'un coup, alors que les voyelles impliquent une modulation de l'air. À la sortie du larynx, l'air passe dans l'oropharynx, puis dans la bouche. Ces structures peuvent être assimilées à la partie d'un instrument à vent située entre l'embouchure (les cordes vocales) et le pavillon (les lèvres). Comme dans n'importe quel tube, cette cavité résonante favorise certaines fréquences, dites «formants». Chez un homme adulte, le formant le plus grave est aux alentours de 500 hertz. Changer la forme de l'instrument – en bougeant la langue, ouvrant les mâchoires, modifiant l'emplacement des lèvres ou en déformant le larynx – a pour effet de changer la fréquence de chaque formant. Nous faisons cela sans y penser, mais les chanteurs professionnels maîtrisent ce genre de mouvements.

Les chanteurs ont aussi un autre formant, dû aux ondes stationnaires qui s'installent entre les cordes vocales et l'entrée de l'oropharynx. En termes acoustiques, il doit se produire à cet endroit une «adaptation d'impédance», qui fait qu'une partie du son est renvoyée vers les cordes vocales. Cet effet est peu sensible d'ordinaire car cette partie est très courte, et tend à se raccourcir encore chez un chanteur, surtout dans les aigus. Mais, chez les chanteurs entraînés, le larynx s'abaisse, et le «formant du chanteur» apparaît, ce qui ajoute une clarté et un volume particuliers à la voix. Sa fréquence est autour de 2 400 hertz chez les ténors et 3 200 hertz chez les sopranos.

Le flux d'air possède une fréquence fondamentale accompagnée d'une série d'harmoniques. Leurs intensités respectives sont modifiées par les formants pour donner les voyelles. L'art du chant est finalement de faire ce que chacun fait, mais en créant une ligne mélodique avec des variations d'intensité bien contrôlées afin de donner de l'expression à la voix.

La technique nécessaire pour y parvenir est analogue à celle requise d'un très bon pianiste. Hélas, une voix est un instrument relativement fragile qui finit tôt ou tard par se détériorer.

Les raisons qui font que l'on chante faux sont nombreuses. Les fréquences produites par les cordes vocales peuvent ne pas s'accorder avec celles des formants – une voix de basse alliée à des formants de baryton n'est pas du meilleur effet. Les mouvements de la langue ou du larynx peuvent être insuffisamment maîtrisés pour manipuler les formants. Ou les vibrations des cordes vocales peuvent être irrégulières, à cause souvent d'un assèchement de la muqueuse : l'alcool et le tabac sont excellents pour dessécher les muqueuses…

Richard Holroyd

❓ Le blues du globule

Pourquoi les bleus passent-ils par toutes sortes de teintes avant de disparaître ? Je comprends qu'ils soient rouges ou bleus, mais pas jaunes ou verdâtres. Et pourquoi n'apparaissent-ils pas aussitôt après la contusion ?

Rick Rossi

Un bleu apparaît quand des petits capillaires éclatent sous la peau. L'hémoglobine qui s'en échappe donne la couleur bleue. Le corps envoie aussitôt des globules blancs pour réparer les dégâts. Ils détruisent les globules, ce qui provoque les variations de couleur observées.

Les produits de dégradation de l'hémoglobine sont la biliverdine, verte, et la bilirubine, jaune. Au bout d'un certain temps, ces déchets disparaissent et la peau reprend sa couleur normale.

C'est le même phénomène qui élimine les globules rouges usagés. Les macrophages détruisent les globules rouges morts dans la rate, le foie, la moelle osseuse et autres tissus. La bilirubine est prélevée par le foie, qui la change en bile. Cette substance participe à la digestion et donne aux excréments leur couleur caractéristique.

Claire Adams

La bilirubine, produit de dégradation de l'hémoglobine, est de couleur jaunâtre et normalement sécrétée par le corps : c'est un composant de la bile.

La bile elle-même aide à la digestion. Il s'agit d'un recyclage astucieux.

L'accumulation de bilirubine dans le corps se produit en cas d'hépatite et de jaunisse. On observe parfois cette couleur chez les nouveau-nés. Afin de calmer les irritations provoquées par la bilirubine, on propose un traitement aux ultraviolets. Cette lumière décompose en effet la bilirubine.

Frankie Wong

Les bleus mettent souvent du temps à apparaître quand les dégâts du choc affectent des tissus profonds. Or un tissu, musculaire par exemple, n'est pas une masse homogène, mais un ensemble de muscles séparés par des tissus fibreux, ce qui se voit fort bien sur une pièce de viande de boucherie. Quand des vaisseaux sont endommagés, le sang ne parvient pas aussitôt en surface car il doit diffuser à travers les parois des tissus fibreux.

Cela explique aussi pourquoi il arrive que le bleu apparaisse à quelque distance du choc initial : le sang a été guidé plus loin par l'orientation des fibres.

Stewart Lloyd

? Couleurs gueule de bois

J'ai lu récemment que plus ma boisson alcoolisée est foncée, plus ma gueule de bois sera carabinée. Le whisky et le vin rouge sont-ils pires que la vodka ou le vin blanc ?

Richard King

Nous buvons de l'alcool pour son contenu en éthanol. Mais nous ingérons aussi nombre de composés ayant une activité biologique. Il s'agit surtout des polyphénols, d'autres alcools comme le méthanol, et de l'histamine. Ils sont produits en même temps que l'éthanol lors de la fermentation et du vieillissement.

Il semble qu'ils participent à l'intoxication alcoolique et à la gueule de bois qui en résulte. Ce dernier effet est très réduit chez les consommateurs d'alcools à base d'éthanol pur, comme la vodka, et fort prononcé chez les amateurs de whisky, de cognac et de vin rouge.

Le principal responsable de la gueule de bois semble être le méthanol. Nous métabolisons le méthanol de la même façon que l'éthanol, mais le produit final est différent. L'éthanol donne de l'acétaldéhyde, alors que le méthanol donne du formaldéhyde, bien plus toxique puisque capable de causer, à haute dose, la cécité ou la mort.

Selon des études sérieuses, la sévérité des gueules de bois décroît dans l'ordre suivant : cognac, vin rouge, rhum, whisky, vin blanc, gin, vodka, éthanol pur.

Eric Albie

⁉ Question venimeuse

Quand j'étais au collège, ma prof de biologie disait qu'il était possible d'avaler du venin de serpent, car il s'agit d'une protéine et qu'elle sera dégradée lors de la digestion. Mais j'ai lu que le venin, pris oralement, pouvait tuer. Qui a raison ?

Et peut-on s'immuniser contre l'arsenic jusqu'à supporter une dose mortelle ?

Darren Fowkes

Le lecteur verra qu'il n'existe aucun consensus sur ce sujet, sinon que ces substances sont dangereuses et ne doivent en aucun cas être ingérées.

J'ai vu un herpétologue zambien, le major Alick Chanda, extraire dans un verre à pied le venin d'une vipère heurtante *(Bitis arietans)* et le boire, sans aucun effet particulier.

Le venin de serpent est un mélange complexe de protéines dont la composition varie d'une espèce à l'autre. On le classe selon ses effets : cytotoxique, s'il attaque les cellules et les tissus (vipère), neurotoxique s'il attaque le système nerveux (cobra, mamba), et hémotoxique s'il modifie la composition du sang (serpent des arbres). Quel que soit son type, le venin doit pénétrer dans le sang pour avoir un effet. D'où les crocs hypodermiques des serpents. Si l'on avale du venin, et que l'on n'a aucune lésion gastro-intestinale, les protéines seront dégradées en acides aminés et digérées.

Pour l'arsenic, c'est différent. En tant qu'élément chimique, l'arsenic n'est pas affecté par la digestion. La dose létale est de 65 milligrammes – qu'elle soit absorbée en une seule fois ou en plusieurs, en respirant un gaz par exemple, ou en buvant de l'eau arséniée.

On connaît plusieurs cas d'accoutumance au poison par ingestion répétée de petites doses. Au IIe siècle avant notre ère, le roi Mithridate IV était passé maître dans cette technique au point que, lorsqu'il voulut se suicider après sa défaite à Pompéi, il n'y parvint pas avec du poison (d'où le mot «mithridatisation»). Et Raspoutine, dit-on, absorbait régulièrement de l'arsenic afin de s'immuniser.

Rien n'autorise cependant à croire ces histoires, et l'arsenic, même en petites quantités, est cancérigène.

Alistair Scott

Chez nous, aux États-Unis, les cirques et les foires ont longtemps exhibé des dresseurs de serpents. L'un des plus célèbres, Ross Allen, de Floride, prélevait dans un verre du venin de serpent à sonnette, et le buvait. Il semble n'avoir jamais eu à en souffrir, à ceci près, avouait-il, qu'il ressentait une certaine «difficulté à siffler» juste après l'ingestion.

Testés sur des animaux, les venins ingérés peuvent se révéler mortels, mais il en faut de grandes quantités – pratiquement la contenance de l'estomac. Administrées en intraveineuse, ces doses seraient dix mille fois supérieures au DL50 (dose létale 50 : quantité nécessaire pour tuer 50 % d'un groupe d'animaux de laboratoire). Lorsque du venin est pris par voie orale, il est toujours possible d'administrer un antivenin.

Joseph F. Gennaro, université de Floride

Il est possible de s'immuniser contre l'arsenic et de survivre à une dose qui serait normalement mortelle.

La toxicité de l'arsenic tient à ce qu'il se lie à des protéines essentielles au métabolisme ; ce faisant, il les désactive. Il peut cependant être lui-même inactivé par des enzymes appelés métallothionines, produits par le foie. L'ingestion de petites quantités d'arsenic peut induire une production accrue de métallothionine. C'est un mécanisme analogue qui permet à un alcoolique d'avaler des quantités d'alcool qui tueraient tout individu normalement constitué.

Craig Fitzpatrick

Il faut être givré pour boire du venin : la moindre altération de la muqueuse du tube digestif serait catastrophique.

Certains venins contiennent des enzymes qui attaquent les tissus et, bien que les protéines toxiques soient plus efficaces en injection, il en est qui peuvent traverser la paroi de l'intestin, surtout chez les enfants. Un adulte, cependant, ne survivra pas à l'ingestion de protéines très toxiques comme la ricine. Les enzymes digestifs cassent les protéines du venin trop lentement pour constituer une protection efficace.

Comme pour l'arsenic, les seuils de tolérance sont très vagues. La nature du composé intervient (les arsénites sont plus toxiques que les arséniates ou les composés soufrés), ainsi que sa solubilité. L'arsenic soluble, loin de provoquer une accoutumance, s'accumule dangereusement dans les tissus.

Jon Richfield

Sans sourciller

Pourquoi avons-nous des sourcils ?

Ben Holmes

Mon père a une maladie qui fait qu'il n'a pas de sourcils. Quand il fait chaud, la sueur qui tombe dans ses yeux est très désagréable, et quand il pleut ce n'est pas mieux. Le rôle des sourcils est donc d'empêcher les liquides de toutes sortes d'atteindre les yeux.

Valerie Higgins

Nous utilisons nos sourcils pour communiquer nos émotions. La position des sourcils est importante pour juger de l'humeur d'un individu. La signification du sourire, en particulier, qui peut être très diverse, est souvent précisée par les sourcils.

J'ai compris cela quand une de mes amies s'est fait faire des injections de Botox dans le front, et s'est trouvée incapable de lever les sourcils. Il est devenu difficile de communiquer avec elle, tant j'avais du mal, sans l'aide des sourcils, à saisir l'expression de sa physionomie.

Alison Venugoban

Les sourcils jouent effectivement un grand rôle dans l'expression des émotions. Pour manifester une approbation ou en signe de reconnaissance, on lève souvent les sourcils. Pour manifester sa réprobation, on les fronce. Cette façon de transmettre un message à distance a sans doute été importante dans notre évolution. On la retrouve chez beaucoup de primates, mais elle semble particulièrement déterminante chez les humains, dont les sourcils se détachent bien sur la peau nue.

❓ Graisse pare-balles

Il faudrait être gros comment pour qu'une balle de revolver ne puisse atteindre nos organes vitaux ? J'ai lu que le poids nécessaire serait de l'ordre de 500 kilos, mais j'ai du mal à le croire.

Ward van Nostrom

Les dégâts causés par une balle se mesurent de deux façons : la profondeur de pénétration et la quantité de tissu abîmé par centimètre de pénétration. Ces deux nombres sont obtenus en tirant des balles dans des blocs de gélatine dont la viscosité et la densité sont voisines de celles de la chair.

La balle d'un revolver de 9 millimètres, le modèle le plus commun, pénètre à environ 60 centimètres avant de s'arrêter, et abîme environ 1 cm³ de tissu par centimètre de pénétration. En réalité, la distance de pénétration est plus faible à cause de la présence des os, mais la graisse étant moins dense que le muscle, ceci compense cela. Bien qu'il puisse paraître avantageux d'être à l'abri des balles, porter une carapace de graisse de 60 centimètres d'épaisseur ne doit pas aller sans aléas physiologiques.

Thomas Lambert

Un corps humain ne saurait être entièrement à l'abri des balles, si l'on considère la vulnérabilité des mains, des pieds, des yeux ou des organes génitaux. Même si la peau était suffisamment épaisse pour arrêter une balle, l'onde de choc serait très néfaste pour les organes internes et les nerfs cutanés. Cet effet est employé dans certaines munitions, qui peuvent tuer sans pénétrer le corps.

La profondeur de pénétration d'une balle dépend de multiples facteurs, dont l'énergie de la balle, son diamètre, sa masse, sa forme et sa nature. Les balles de revolver et de fusil, de 5 à 15 millimètres de diamètre, ont des énergies de 70 à 7 000 joules. Une balle de 9 mm a une énergie initiale de 500 joules. La profondeur de pénétration est mesurée dans un bloc de gélatine : une balle de 9 mm tirée à 5 mètres de distance pénètre à 30 centimètres.

Pour estimer la masse d'une telle épaisseur de graisse, il faut calculer la surface du corps. La formule de Mosteller indique qu'elle est égale à la racine carrée du produit de la hauteur en centimètres par la masse en kilogrammes, le tout divisé par 60. Pour un individu de 1,75 mètre pesant 75 kilos, cela donne une surface de 1,91 m². La quantité de graisse nécessaire pour recouvrir cette surface d'une épaisseur de 30 centimètres, sachant que la densité de la graisse est voisine de 1 g/cm³, serait de 573 kilogrammes. Quand on y ajoute le poids du corps lui-même, on frôle allègrement les 650 kilos.

Hans Ulrich Mast

❓ Fossilisez-moi

Après ma mort, je voudrais devenir un fossile. Que puis-je faire pour augmenter mes chances d'y parvenir ? Quel est le meilleur endroit pour être enterré, et combien de temps cela prendra-t-il ?

D.J. Thompson

Alors, comme ça, vous voulez vous faire fossiliser ? Très bien, mais vous avez déjà pris un mauvais départ. Avec un exosquelette dur, genre homard, et une vie aquatique, vos chances auraient été bien meilleures. Voyons donc ce qui peut se passer avec un squelette interne et quelques parties externes molles.

On peut d'emblée oublier les parties molles. En mourant dans une crevasse de glacier, suite à un trop bref séjour à la montagne, vous pourriez devenir une momie relativement durable, mais cela n'a rien à voir avec une véritable fossilisation. Si vous voulez survivre pendant des durées géologiques, concentrez-vous sur les os et les dents. La fossilisation de ces parties implique une bonne minéralisation, ce qui devrait vous inciter à surveiller votre nourriture : beaucoup de lait et de fromage vous apporteront le calcium nécessaire. Surtout, choisissez un bon dentiste et soignez vos dents ; elles sont votre meilleur atout à long terme.

Trois choses interviennent ensuite : le lieu, le lieu et le lieu. Trouvez d'abord un lieu pour mourir tranquillement. Les grottes ne sont pas à négliger : initiez-vous à la spéléologie.

Il faut aussi vous faire enterrer rapidement, et je ne parle pas de service funéraire rapide. L'idéal est une bonne catastrophe naturelle – une éruption volcanique par exemple, qui, vous surprenant au téléphone, surprendra aussi votre interlocuteur, lequel entendra : « Le volcan est en train d'explooo… » Mais ne vous mettez pas trop près : il ne s'agit pas de subir une crémation complète dans un fleuve de lave. Vous préférerez peut-être camper dans le lit d'un oued saharien juste avant une crue, ou vous noyer dans un fleuve amazonien : le but est d'être enseveli dans une boue anoxique, c'est-à-dire sans oxygène.

Idéalement, le contenu de votre estomac sera préservé. Faites donc un bon repas ultime. Pas des pizzas ou des hamburgers, mais des fruits de mer ou des fruits à grosses graines. Essayez d'avaler les graines : cela intriguera les paléontologues du futur.

Enfin, n'oubliez pas que les traces fossiles sont toujours bienvenues. Quelques traces de pas dans la boue feront l'affaire. Faites-les bien régulières : les paléontologues croiront que vous n'avez pas vu venir le danger.

Je ne vous cache pas, cependant, que vous avez davantage de chances de gagner à la loterie que de devenir un fossile. Si vous persistez malgré tout, merci de nous dire où vous prévoyez d'en finir. Les géologues sauront où chercher dans un petit million d'années.

Tony Weighell

J'ai appris la réponse à cette question il y a cinquante ans, lorsque j'étudiais la géologie à l'université de St Andrews, en Écosse. Je cite le poème de mémoire, mais le nom de son auteur m'échappe.

Dave Duncan

Où enterrerons-nous notre cher professeur
Pour que ses os reposent en paix ?
Si nous le mettons dans un tombeau
Il en sortira pour examiner les strates alentour,
Car il est sous terre dans son élément.
Si à la pelle nous enfouissons
Son corps dans les alluvions,
Il prendra nos outils pour
Faire le travail à notre place.
Attendons que dans une grotte

Sa carcasse de stalactites se couvre,
Puis amenons au musée le sage pétrifié.
Parmi les mammouths et les crocodiles,
Trônera sa glorieuse et éternelle statue.

Cette Élégie au professeur William Buckland *est
l'œuvre, en 1820, de Richard Whately. Buckland
(1784-1856) était un des plus fameux géologues de
son temps, ainsi qu'un célèbre excentrique, qui se
vantait d'avoir « mangé tout le règne animal ». Son
ami Augustus Hare raconte qu'ils ouvrirent un jour
un coffret où se trouvait le cœur d'un roi français.
« J'ai mangé beaucoup de choses bizarres, s'écria-
t-il, mais jamais le cœur d'un roi ! » Et il l'avala
aussitôt.*

Vos chances d'être un jour fossilisé sont bien
minces, mais vous pouvez essayer de vous faire
inhumer en mer. Assurez-vous que la mer est assez
profonde – car les eaux côtières grouillent de créatures qui rêvent de disposer de vos restes – et que
vous n'êtes pas à proximité d'une zone de subduction. Au fond de l'océan, surtout si vous y êtes
enterré, vous devriez être tranquille pour un bon
bout de temps.

Une fine couche d'argile vous protégera, et la
fossilisation devrait se faire, ne laissant que les
traces d'une enveloppe carbonée et pétrifiée sous
l'effet du poids de l'argile qui s'accumulera sans
arrêt, pendant environ deux cent mille ans.

Si vous êtes pressé, vous pouvez aussi songer à
vous faire couler dans l'ambre (de la résine). Dernier conseil : mettez une bague en or. Elle durera
plus longtemps que vos os fossilisés.

Jon Noad

❓ Fatigue à retardement

*Après avoir couru un semi-marathon, j'ai été sur-
pris de constater que mes jambes étaient plus dou-
loureuses deux jours plus tard que le jour suivant.
Avez-vous une explication ?*

Ruby Gould

La course est un drôle d'exercice, qui étire les
muscles tout en les obligeant à se contracter. Cela
provoque des douleurs des heures ou des jours plus
tard.

La sensation la plus désagréable arrive vingt-
quatre heures après l'effort, atteint son maximum au
bout de deux jours, puis disparaît graduellement.
Pendant cette période, les muscles sont douloureux
et affaiblis.

La durée du phénomène fait qu'il ne peut être
attribué à des sous-produits du métabolisme. Il est
dû à des tensions et des microlésions des fibres musculaires. Une des hypothèses est que les cellules
endommagées meurent suite à l'invasion de calcium. Une autre assure que ce sont les radicaux
libres générés par l'effort musculaire qui tuent les
cellules.

En outre, l'afflux de sang vers les muscles provoque un gonflement des muscles qui comprime
les régions voisines. Les nerfs en sont les premiers
témoins, et ils envoient au cerveau des messages de
douleur.

Melanie Trickett

Cela résulte d'un effort excessif des muscles. L'entraînement sportif consiste à améliorer progressivement la puissance des muscles en augmentant la masse des haltères utilisés pour l'exercice ou la distance de course journalière. Cela étire les microfibres des muscles, ce qui peut provoquer des douleurs modérées le jour suivant.

La douleur décalée apparaît quand cette progressivité n'est plus observée, et qu'un travail considérable et inhabituel est demandé à un muscle. Le nombre d'étirements musculaires s'accroît – plutôt que leur intensité – et mène à des lésions que les processus de réparation ne sont pas assez rapides pour combler. Une fois le nouveau tissu en place, il faut un certain temps pour l'assouplir et lui donner la même efficacité que ses voisins.

Paul Carey

? Larmes sèches

Je me demande comment s'appelle cette substance jaune et dure qui se forme au coin des yeux, le matin. Quelle est sa composition et comment se forme-t-elle ?

Simon Smith

Cette substance se rassemble autour des yeux sous l'effet de l'irritation. Pendant le jour, le mucus séché est constitué de sels et de protéines sécrétées par les glandes en réponse à la sécheresse de l'air ou à la pollution. Le mucus continue à s'amasser la nuit, et se rassemble aux coins des yeux, alors que le liquide lacrymal continue d'humidifier vos yeux.

Les larmes ont trois composants. Le liquide interne est de la mucine, substance qui tapisse la muqueuse cornéenne ; il est enrobé par le liquide lacrymal, riche en sels et en protéines, lui-même enveloppé par une couche huileuse sécrétée dans les paupières par les glandes sébacées. Cette couche permet de réduire l'évaporation du film qui recouvre nos yeux.

Une présence exagérée de substance jaune aux coins des yeux peut être le signe d'une conjonctivite virale ou bactérienne.

Johan Uys

Il semble qu'il n'y ait pas en anglais de terme consacré pour désigner cette substance (appelée « chassie » en français). Pendant le jour, des cellules mortes et d'autres débris s'accumulent dans les larmes, qui ne sont pas seulement constituées d'eau salée.

Une poussière dans l'œil sera vite enrobée des mucoprotéines qui recouvrent le globe oculaire ; ce mucus se couvrira d'eau salée, puis d'une couche huileuse pour réduire l'évaporation. La nuit, les mouvements des yeux et la fermeture des paupières repoussent les larmes vers les coins des yeux. Là, l'évaporation donne ces résidus solides que l'on enlève le matin au réveil.

Les environnements très irritants pour les yeux, les déserts par exemple, peuvent changer les larmes en un pus dilué qui sèche aux coins des yeux et scelle les paupières, en dépit des sécrétions qui assurent normalement leur ouverture. C'est un phénomène très surprenant quand on en est victime. Si l'on ne veut pas y laisser tous ses cils, il suffit d'humecter l'œil doucement.

Jon Richfield

Doigts de pied sans éventail

*Mon docteur me dit que le champignon respon-
sable de l'athlete's foot a tendance à se mettre entre
le troisième et le quatrième orteil. Qu'est-ce que cet
endroit a donc de particulier ?*

Marjorie McClure

Je suis hélas un de ces individus chez qui l'athlete's
foot récurrent choisit invariablement l'espace entre
le troisième et le quatrième orteil. Ce sont les seuls
orteils qui sont joints. Cela réduit l'évaporation dans
cette région et favorise le développement des champignons, surtout quand je porte les mêmes chaus-
settes pendant trente-six heures. Désolé, mais j'ai
dû le faire à cause d'une nuit de garde.

Je remédie au problème en plaçant à cet endroit
un peu de coton ou de gaze. C'est beaucoup moins
cher que d'acheter des crèmes antifongiques. Malgré
mon diplôme de doctorat en médecine, ma femme
trouve que ce traitement n'est pas sérieux.

John Criscione, ingénierie biomédicale,
Texas A&M University

L'organisme responsable de la tinea, ou athlete's
foot, n'a pas un instinct territorial qui le guide vers
l'endroit idéal. Les infections par le champignon en
question, *Trichophyton mentagrophytes*, commencent entre le troisième et le quatrième orteil car on y
trouve quantité de cellules mortes dans un environnement chaud et humide.

Les parties extérieures du pied humain étant très

mobiles, avec des joints actifs dans les trois dimensions, les espaces entre les autres orteils sont ventilés et débarrassés régulièrement de leurs cellules mortes. À y bien réfléchir, on aurait du mal, en laboratoire, à créer un lieu plus propice au développement de *T. mentagrophytes* que l'espace clos qu'il choisit à tout coup.

Felicity Prentice

Surprenant cérumen

Mon cérumen n'a pas toujours la même couleur ; il est parfois clair comme du miel, parfois orange ou brun. Et pourquoi sa consistance change-t-elle ?

Tony Columbine

Le cérumen est le résultat du mélange des sécrétions acides de près de 2 000 glandes sébacées (produisant du sébum) et apocrines (donnant de la sueur) situées dans le tiers externe du canal de l'oreille. La cire que l'on prélève régulièrement dans l'oreille est un mélange de cérumen, de cellules de la peau et de fragments de poils.

On s'interroge pour savoir si le cérumen est bactéricide, mais on est sûr que la cire est une substance idéale pour capter les poussières, les bactéries et les champignons qui pénètrent dans l'oreille. Cette cire lubrifie aussi le canal de l'oreille. On l'a utilisée comme crème protectrice pour les lèvres.

Il y a deux types de cérumen, sec et humide, ce dernier étant la forme génétiquement dominante. Tous deux sont contrôlés par un gène unique. Cela a permis aux anthropologues de suivre des migrations de populations, car le cérumen des peuples originaires de Mongolie est du type récessif sec.

Le cérumen est composé de glycérides, de lipides – dont le squalène, le cholestérol et des acides gras à longue chaîne –, d'esters, d'hydrocarbures aromatiques, d'acides aminés et de sucres comme le galactose, mélangés à du collagène de la peau et de la kératine des cheveux, sans oublier quelques bactéries et champignons. On comprend aisément que certains individus puissent en produire plus que d'autres.

La couleur du cérumen dépend de celles de ses constituants. Les lipides sont plus abondants dans le type humide, ce qui lui donne sa teinte claire, alors que le type sec tend plutôt vers le gris.

Mais les constituants changent aussi avec le temps. La couleur fonce car les acides gras à longue chaîne s'oxydent peu à peu en présence d'air. L'inclusion de poussières et autres débris organiques fait que le cérumen peut devenir quasiment noir dans des oreilles peu souvent nettoyées.

Intervient enfin la quantité de sécrétions glandulaires. Elle dépend, comme la production de sueur, des conditions psychologiques (stress en particulier). Et avec l'âge, ces sécrétions deviennent de moins en moins liquides.

Mark Dubin, université du Colorado

❓ Voie sans issue ?

On vient de m'enlever l'appendice, et le chirurgien m'a dit que cela ne changerait rien car il ne sert plus à rien chez les humains. Sert-il encore à quelque chose chez les animaux ?

Paul Whitten

L'équivalent de l'appendice chez les animaux s'appelle le cæcum : il fait la jonction entre le gros intestin et l'intestin grêle. En général, les mammifères carnivores ont un petit cæcum qui joue le même rôle que chez les humains. Chez beaucoup de mammifères herbivores, le cæcum est plus grand et donne lieu à de surprenants arrangements anatomiques. Son rôle est de faire fermenter les hydrates de carbone de la nourriture, d'en extraire les acides gras volatils puis de les absorber afin d'en récupérer l'énergie. Le cæcum est aussi vital pour fournir l'énergie nécessaire à la digestion des chevaux, des lapins, des rats, des cochons d'Inde et des porcs. Chez les ruminants comme la vache et le mouton, c'est l'estomac qui assure la fonction du caecum.

Un autre rôle du cæcum est d'absorber l'eau du conduit intestinal, fonction qui est assurée, chez l'homme et les mammifères carnivores, par le côlon.

Richard Luong

Votre chirurgien est un peu en retard. On sait que l'appendice n'est pas une relique inutile de l'évolution. Il joue un rôle immunologique chez l'embryon et chez l'adulte, même si l'on peut aisément s'en passer.

Le rôle de l'appendice semble être d'exposer les cellules immunitaires aux antigènes produits par les bactéries et autres organismes vivant dans nos intestins. Cela aide le système immunitaire à distinguer ses amis et ses ennemis, et à l'empêcher de lancer des attaques sur des bactéries qui vivent en bonne intelligence avec nous.

D'autres parties du corps semblent jouer le même rôle, par exemple les plaques de Peyer dans l'intestin. Quand nous parvenons à l'âge adulte, il semble que le système immunitaire a appris à se débrouiller avec le contenu de l'intestin, et que la présence de l'appendice ne soit plus indispensable. Mais des défauts de ces régions d'épuration immunitaire peuvent mener à des maladies auto-immunes et à une inflammation intestinale.

Curieusement, l'appendice a été utilisé comme une «pièce détachée» en chirurgie. On peut en effet en utiliser des fragments pour reconstruire une vessie endommagée sans s'exposer à un rejet.

Kathleen James

L'appendice est une extension vermiculaire partant du cæcum. On ne la trouve que chez les singes anthropoïdes (gibbons, orangs-outans, chimpanzés et gorilles), quelques rongeurs (lapins et rats) et marsupiaux, tels le wombat et l'opossum d'Amérique du Sud. Chez beaucoup de mammifères herbivores, le cæcum, très agrandi, est le lieu de fermentation de la nourriture. Il contient des micro-organismes qui décomposent la cellulose des parois cellulaires des plantes.

Chez l'homme, on pensait qu'il n'avait aucune fonction jusqu'à ce qu'on se rende compte qu'il joue un rôle dans le système immunitaire du fœtus et du jeune adulte. Pendant les premières années, l'appendice fonctionne comme une «formation lymphoïde» participant à la maturation des lymphocytes B (des globules blancs) et à la production d'anticorps d'immunoglobulines A. De plus, vers la onzième semaine du développement fœtal, des cellules endocrines (productrices d'hormones) apparaissent dans l'appendice. Elles donnent des hormones peptidiques qui contrôlent les divers mécanismes biologiques.

Johan Uys

La tête lourde

Combien pèse une tête ? Je peux arriver à mesurer son volume, mais je ne connais pas sa densité, ni celle de ses divers composants. Quelqu'un peut-il m'aider ?

Bruce Firsten

Pour peser votre tête, vous devez effectivement l'isoler du reste de votre corps. La décapitation a cependant un inconvénient : vous ignorerez à jamais le résultat. Il y a cependant une autre solution. En position verticale normale, les vertèbres de votre cou supportent le poids de votre tête. Si vous vous pendez par les pieds, vos vertèbres s'écarteront légèrement sous l'effet du poids de votre tête.

Il vous suffit donc de faire les pieds au mur et d'utiliser, par exemple, un scanner à ultrasons ; cela devrait donner une mesure correcte.

Andy Phelps

En tant que kayakiste, j'ai appris à « eskimoter », c'est-à-dire à faire un tour complet. Mon instructeur m'a dit que la dernière chose qui devait quitter l'eau, quelle que soit mon envie de respirer, est la tête. Il m'a appris qu'une tête humaine pesait environ 4,5 kilos. Quand il faut la soulever à la pagaie, elle a l'air beaucoup plus lourde.

Andy Wells

Andy Wells a de bons souvenirs. Nous n'avons pu faire de mesure directe, mais à partir du volume et de la densité (en supposant celle du cerveau égale à celle de l'eau à 0 °C), nous avons obtenu un résultat.

Pour mesurer le volume, nous avons fait appel à un volontaire du journal qui présente la particularité d'être chauve. Il a accepté de plonger la tête dans un seau d'eau à 0 °C (ou presque) rempli à ras bord. L'eau qui a débordé, récupérée dans un baquet, a donné un volume de 4,25 litres. Le poids approximatif d'une tête serait donc de 4,25 kilos.

Essaye le bromure

Une de mes amies s'étant plainte des attentions trop pressantes de son amant, j'ai lu dans Sex and the British *de Paul Ferris qu'un peu de bromure dans le thé pouvait calmer les ardeurs sexuelles des soldats. Puis-je transmettre la recette à mon amie ? Et où pourrais-je trouver du bromure ?*

Chloe Dear

Au XIXe siècle, les sels de brome étaient utilisés comme sédatifs pour quantité d'indications allant de l'épilepsie à l'insomnie. Ils étaient supposés «réduire l'excitation du cerveau». La dose normale était entre 5 et 30 grains plusieurs fois par jour (il y avait 13 grains dans un gramme). Dans la haute société, il était d'usage d'offrir aux garçons une salière personnelle marquant un statut familial particulier. Il s'agissait en réalité d'un mélange de sel et de bromure censé calmer les ardeurs adolescentes.

Mark Wareing

Le bromure est un sédatif, la diminution de la libido n'étant qu'un effet secondaire. On voit apparaître son usage comme sédatif dans les romans de Zola. À propos de son usage antilibidineux, le comique Spike Milligan écrivit : « Je ne crois pas que le bromure puisse avoir le moindre effet ; la seule façon d'empêcher un soldat de se sentir en forme est de mettre du bromure dans un obus et de viser en dessous de la ceinture. »

John Rowland

Dans les années 1950, mon service militaire en tant que médecin dans la Royal Air Force, et responsable des approvisionnements pharmaceutiques, m'a convaincu que l'histoire du bromure dans le thé est un mythe. Cela n'empêche pas que les jeunes recrues étaient toutes persuadées que leur apparente baisse de libido était due à cette pratique.

Clive Harris

Je me suis engagé dans l'armée à la fin de 1945, et je me rappelle que mes camarades et moi croyions à l'histoire du bromure dans le thé. Le thé avait très mauvais goût, mais beaucoup d'anciens affirmaient que c'était une blague de soldat destinée à alarmer les jeunes. La véritable raison de notre baisse de libido était l'épuisement dû à l'exercice physique. Tout ce qui nous intéressait était de dormir.

David Elliot

La grosse illusion

J'ai remarqué que les filles portent souvent des pantalons noirs et des vestes en jean. On m'a dit que c'est parce que les pantalons noirs «font un petit cul». Peut-on le prouver scientifiquement ?

Neil Taylor

Oui, votre fessier paraît plus petit si vous êtes habillée de noir, du moins si on vous regarde de derrière.

La raison en est que nous ne percevons les formes que si elles provoquent des différences de teintes. Avec un pantalon blanc, on pourra déduire la forme de vos fesses des ombres qu'elles dessinent. Avec du noir, il n'y a pas d'ombres.

C'est aussi pourquoi les gens à peau foncée semblent vieillir mieux que ceux à peau plus claire. Les rides créent moins d'ombres et sont moins évidentes. C'est aussi pourquoi les traits du visage doivent être fortement exagérés sur les sculptures de bronze patinées.

De toute façon, vos fesses révéleront leurs vraies formes de profil, mais le pantalon noir vous économisera de la gymnastique ou (et) un régime.

Glyn Hughes, designer et sculpteur

C'est vrai, et c'est à cause de l'uniformité de la couleur noire. Notre perception des formes et des surfaces dépend des motifs et des ombres qui y apparaissent. Voyez comme il est plus facile de distinguer des plis sur un T-shirt blanc que sur un T-shirt noir.

Les motifs jouent aussi un rôle. Des lignes parallèles, par exemple, qui s'écartent puis se rejoignent, donnent l'illusion d'une bosse, même s'il n'y en a pas. Comme un tissu noir n'a ni motifs ni ombres, il ne provoque pratiquement aucune illusion de ce type.

Lakshmi Chakrapani

Une illusion semblable se produit avec les tissus rayés, selon que les rayures sont verticales ou horizontales. Les rayures horizontales élargissent, les verticales amincissent et allongent la silhouette. Une personne enrobée a donc tout intérêt à porter des rayures verticales.

Colin Vasey

La cellulite sans miracle

Qu'est-ce que la cellulite ? Et les crèmes et autres remèdes miracles qu'on nous propose ont-ils une efficacité prouvée ?

Cathy Turner

Ces remèdes miracles sont du domaine de la fraude caractérisée, industrie parasitaire florissante au même titre que le trafic de drogue et les faux témoignages. Le mot «cellulite» a été forgé pour exploiter les riches imbéciles. Il n'a aucune définition claire, et l'on ne sait pas trop ce qu'il recouvre.

La cellulite désigne l'accumulation de tissus graisseux formant une série de plis ou de zébrures peu avenante. On la trouve surtout chez les personnes d'un certain âge. Se débarrasser de la cellulite, c'est simplement se débarrasser de la graisse.

La cellulite se forme de préférence aux endroits où le corps est le moins enclin à éliminer de la graisse ; les vélos d'appartement, crèmes et autres boîtes noires ne sont donc guère utiles.

Jon Richfield

La cellulite, cette substance graisseuse qui ressemble à du fromage caillé, se forme de préférence sur le ventre, les hanches et les fesses. Elle cause la classique « peau d'orange » qui inquiète tant les femmes, et certains hommes.

Divers facteurs influent sur la quantité de cellulite. Les gènes, le sexe, l'âge et l'épaisseur de la peau sont les principaux. Il n'existe aucun produit miracle, remède ou traitement. Par exemple, les massages profonds qui promettent d'éliminer la cellulite ont seulement pour effet de la rendre moins évidente en faisant gonfler la peau. La liposuccion et la mésothérapie (micro-injection de produits traitants) sont à la fois chères et sans résultats garantis.

La seule chose à faire pour réduire la cellulite est d'absorber moins de calories et moins de graisses, tout en faisant de l'exercice.

Catriona MacGillivray

Mélodie in vitro

Ce matin, mon gamin de 3 ans essuyait quelque chose sur la vitre de la cuisine, et il m'a demandé pourquoi cela faisait un son quand il appuyait son doigt sur la vitre. Pouvez-vous m'aider ?

Dawn Hanna

Il y a beaucoup de situations où le fait d'essuyer ou de frotter un objet contre un autre se traduit par l'émission d'un son de haute fréquence. Le plus célèbre est peut-être le bruit – insupportable – d'une craie neuve contre un tableau noir. Cela est dû aux propriétés de la friction.

Quand on applique une surface contre une autre, le frottement, dû à la présence de microscopiques aspérités, résiste au mouvement. Si l'on augmente la force de pression, elle finit par dépasser la force de frottement. Il y a donc glissement. Si l'un des objets possède une certaine élasticité, comme la peau, il se déformera sous l'effet du frottement, puis retrouvera sa forme initiale quand le glissement aura lieu. La force de frottement reprendra alors le dessus, et ainsi de suite. Cela se produisant environ cent fois par seconde, cela produit un son de fréquence 100 hertz, situé dans les graves.

Richard Hann

Ce n'est pas la peau qui produit un son, c'est la vitre. Tout matériau, papier ou plaque de métal, est susceptible de vibrer s'il est correctement mis en résonance. Une vitre aussi, qui possède une gamme bien définie de fréquences de vibration. C'est la technique de mise en résonance qui détermine la fréquence produite.

Les doigts donnent une note ; du papier imbibé de détergent en donnera d'autres, modulables. Frottez doucement en faisant un grand geste, vous entendrez une note grave due à la vibration de la plaque de verre tout entière. Frottez plus vivement sur une surface plus réduite, et vous produirez un son qui fera grincer les dents de toute la famille.

Martin James

Merde alors

Existe-t-il une formule qui permette de calculer la quantité d'excréments que donne une quantité donnée de nourriture. Plus généralement, quelle quantité d'excréments produisons-nous chaque jour, et quelle est sa composition ?

Nigel Watkins et David Baxter

Le rôle principal de l'intestin consiste à absorber l'eau et à produire des excréments plastiques, faciles à expulser. Ils sont constitués de 75 % d'eau ; les bactéries représentent la moitié de la masse sèche, le reste étant des fibres non digérées et des excrétions biliaires.

Un Anglais produit en moyenne entre 19 et 280 grammes d'excréments par jour, sauf en cas de diarrhée. Il semble que ces chiffres doivent être doublés en Afrique et en Asie. Le facteur essentiel est la quantité de fibres ingérées : les fibres non digérées contiennent beaucoup d'eau.

Certaines fibres, qui ont fermenté dans l'intestin, peuvent induire le développement de colonies microbiennes. La pectine et la gomme arabique, par exemple, apportent de l'hydrogène, du méthane et des acides gras à courte chaîne, qui favorisent l'action de la muqueuse intestinale.

Le son ne fermente pas beaucoup et augmente efficacement la masse fécale : de 3 à 5 grammes par gramme de fibre. Moins cette fibre est raffinée, mieux elle retient l'eau. Le pain complet, lui, n'a pratiquement aucun effet. Si vous voulez vraiment une formule, l'effet du côlon sur les fibres peut être résumé par celle-ci :

Masse fécale = $P_f(1+C_f) + P_b(1+C_b) + P_m(1+C_m)$ où P_f, P_b et P_m sont les masses sèches (après digestion) de fibres, de bactéries et de métabolites divers, et C_f, C_b et C_m les facteurs de rétention d'eau (en grammes d'eau par gramme de matière) de ces substances.

Martin Eastwood

Nous produisons environ 250 grammes d'excréments par jour. Ils contiennent 75 % d'eau et 25 % de matières solides. Il s'agit surtout de substances non digérables : la peau des fruits (33 %), des bactéries mortes vivant normalement dans l'intestin (50 %), des matières inorganiques (tels des sels de calcium), des cellules intestinales et diverses sécrétions (mucus et bile) qui leur donnent leur couleur caractéristique.

La quantité d'excréments produite ne dépend pas seulement de la quantité de nourriture absorbée, mais aussi du type de nourriture et de l'activité intestinale. Si vous mangez beaucoup de légumes, de haricots et de céréales, que le corps ne peut digérer totalement, vous produirez davantage d'excréments que si vous mangez beaucoup de chocolat, par exemple.

Les épices, les laxatifs et toutes sortes d'infections peuvent modifier l'activité intestinale. Plus grande est la vitesse du transit intestinal, moins les intestins absorbent d'eau et plus grande est la masse d'excréments produite.

Jennifer Kelly

❓ Nouer le cordon

Est-ce que les sages-femmes, à la naissance, font un nœud au cordon ombilical ? Sinon, que font-elles ? Et que faisait-on dans l'ancien temps ?

Jack Wyatt

Le cordon ombilical est constitué de trois vaisseaux sanguins enrobés dans la « gelée de Wharton », le tout à l'intérieur d'une gaine. Il est trop épais pour que l'on puisse faire un nœud avec. De nos jours, on le comprime avec un clamp en plastique, et l'on coupe le cordon aux ciseaux au-dessus du clamp.

On peut aussi bien, si l'on ne dispose pas de clamp, nouer un fil de cuir ou une herbe solide. Un couteau, un silex coupant, ou simplement les dents, feront l'affaire si l'on n'a pas de ciseaux.

On retire le clamp au bout de trois jours. Le cordon subit une gangrène sèche et tombe de lui-même entre cinq et dix jours après la naissance.

Sarah Carter

À ma connaissance, on ne noue jamais le cordon ombilical. Je ne l'ai jamais vu faire dans ma pratique de sage-femme.

Après l'accouchement, on place deux pinces artérielles sur le cordon. Pour libérer le placenta, on coupe entre les deux avec des ciseaux stériles, puis on place un clamp en plastique à 2,5 centimètres du nombril. Le morceau restant du cordon tombe après quelques jours.

Dans les années 1960, quand je faisais mes études, on utilisait un élastique stérile à la place du clamp. Auparavant, on liait le cordon avec du fil.

Mary Cole

Quand notre fille est née, il y a neuf ans, un clamp a été placé sur son cordon ombilical. Nous nous sommes aperçus que ce clamp était idéal pour fermer les enveloppes des paquets de céréales. Il a duré quelques années puis a cassé, ce qui nous a contraints à faire un deuxième enfant, dont le clamp est toujours en usage dans la cuisine.

Rob Yves

Schlonk

Cela fait-il mal de se faire décapiter ? Et combien de temps la tête souffre-t-elle ?

William Wild

Oui, la décapitation est douloureuse. Tout dépend de l'habileté du bourreau.

Quand Mary, reine d'Écosse, fut décapitée à la hache au château de Fotheringay en 1587, le bourreau s'y reprit à trois fois sans parvenir à séparer la tête du corps. Il dut achever le travail au couteau. Le terrible grognement émis par Mary lors du premier coup de hache ne laissa aucun doute dans l'esprit des spectateurs sur la douleur qu'elle ressentit.

Pendant combien de temps la tête continue-t-elle à

ressentir quelque chose ? Lors de la Terreur, en France, on demanda à certains condamnés de cligner de l'œil au cas où ils seraient encore conscients. Il semble qu'il y ait eu des clignements d'yeux jusqu'à 30 secondes après la chute du couperet. Reste à savoir quelle était la part des réflexes nerveux. Mais la plupart des pays ayant le niveau scientifique suffisant pour répondre à la question ont abandonné la décapitation.

Dale McIntyre, université de Cambridge

On raconte que Lavoisier, qui périt sur la guillotine, demanda à des amis d'observer ses clignements d'yeux après l'exécution. Il semble avoir cligné des yeux pendant 15 secondes.

A. Gryant

Cette légende est pour le moins fantaisiste : la tête des guillotinés tombait dans un panier, et la foule ne pouvait approcher du lieu de l'exécution. La question de savoir si les condamnés souffraient fut cependant âprement débattue à l'époque. Elle fit même l'objet de nombreuses expériences dont furent victimes quantité d'animaux, et d'un livre du docteur Sue (Jean-Joseph, le père d'Eugène, auteur des Mystères de Paris*), publié en 1796 et intitulé* Opinion du citoyen Sue sur le supplice de la guillotine et sur la douleur qui survit à la décollation. *Cela ne fut pas sans influence sur la fin de la Terreur.*

Un récit très détaillé a été fait par le docteur Beaurieux qui fit l'expérience avec la tête du criminel Languille, guillotiné à 5 h 30 du matin le 28 juin

1905. On lit dans les *Archives d'anthropologie criminelle* :

> Voici donc ce que j'ai observé aussitôt après la décapitation : les paupières et les lèvres ont eu des contractions rythmiques pendant 5 à 10 secondes... J'ai attendu plusieurs secondes. Ces mouvements spasmodiques cessèrent. Le visage se décontracta, les paupières à demi fermées sur les globes oculaires ne laissant visible que le blanc de l'œil, exactement comme chez les morts que nous voyons habituellement dans notre profession. J'appelai alors d'une voix forte : « Languille ! » Je vis les paupières se soulever lentement, sans aucune contraction spasmodique... Puis les yeux de Languille me fixèrent définitivement et les pupilles se dilatèrent... Au bout de quelques secondes, les paupières se refermèrent lentement et le visage reprit l'apparence qu'il avait avant mon cri.
> J'appelai alors une nouvelle fois et de nouveau, sans aucun spasme, les paupières se soulevèrent et des yeux indiscutablement vivants me fixèrent, avec peut-être davantage de pénétration que la première fois. Puis les paupières se rabaissèrent, quoique moins complètement. Un troisième cri n'eut aucun effet, et les yeux devinrent ternes.
> Je vous ai rapporté avec une parfaite exactitude ce que j'ai pu observer. Le tout a duré vingt-cinq à trente secondes.
>
> Mike Snowden

Si vraiment la tête reste consciente après la décapitation, alors la technique décrite ci-après est d'une grande humanité puisqu'elle donne au mourant l'impression qu'il va au ciel.

Le célèbre docteur Livingstone racontait que les Africains qu'il a rencontrés savaient que la perte de conscience chez un décapité n'est pas immédiate. Avant d'exécuter un condamné, ils pliaient une forte branche d'arbre bien flexible et y reliaient la tête en l'attachant sous les oreilles, méthode qui permettait de projeter en l'air la tête du condamné.

John Rudge

Sans préjuger de la vitesse de la perte de conscience, il ne fait aucun doute que la douleur doit durer quelques secondes. En 1983, à l'époque où l'Organisation mondiale de la santé s'intéressait aux attitudes des médecins envers la peine de mort, Harold Hillman, professeur de physiologie à l'université du Surrey, écrivit pour *New Scientist* un rapport sur la douleur engendrée par divers modes d'exécution. Voici ce qu'il disait de la guillotine :

La guillotine doit son nom au médecin et savant français Joseph-Ignace Guillotin, qui proposa ce dispositif en 1789. Après quelques tests sur des cadavres à l'hôpital de Bicêtre, la guillotine fut employée à partir de 1792. Jusque-là réservée aux aristocrates, cette technique d'exécution, supposée rapide et sans douleur, fut dès lors à la portée de tous les citoyens. En effet, le système était en usage depuis le XVIe siècle en Italie, en Allemagne, en France et en Écosse.

La mort par guillotine intervient par séparation du cerveau, après section du cou. Cela doit causer des douleurs intenses. La conscience pleine et entière doit persister pendant 2 ou 3 secondes, après quoi la chute de pression sanguine doit intervenir.

Des témoins ont vu des yeux de guillotiné rouler dans leurs orbites, comme ceux des animaux qui ont eu à subir de telles expériences.

Tony Corless

? Tout ça en moi !

Savez-vous combien d'espèces différentes vivent à l'intérieur du corps humain, et quelle population globale cela représente ?

Roger Taylor

Les micro-organismes qui vivent à l'intérieur d'un corps humain sain, ou faune microbienne, sont de deux types : les résidents permanents, et les visiteurs de passage. Bien sûr, toutes sortes de parasites redoutables et fascinants peuvent s'inviter à tout moment.

Selon le bactériologiste Theodor Rosebury, le nombre des microbes est impressionnant. Il dénombre 80 espèces différentes, seulement dans la bouche, et estime le nombre de bactéries sécrétées chaque jour par un individu adulte entre 100 et 100 000 milliards. On peut ainsi estimer la densité microbienne par centimètre carré d'intestin humain à environ 10 milliards d'organismes.

Chez un individu sain, les microbes occupent toute surface externe ou accessible de l'extérieur, tels la peau ou les intestins, les yeux, les oreilles et les voies respiratoires. Rosebury estime à 10 millions le nombre de bactéries vivant sur 1 cm^2 de peau, et compare l'aspect microscopique de la peau humaine à la foule dans un grand magasin au moment de Noël.

Ce nombre varie cependant beaucoup avec l'endroit du corps, sur ses quelque 2 m^2 de peau. Sur les zones grasses comme les ailes du nez ou les aisselles, il faut multiplier par 10, et par 1 000 à l'intérieur du corps, à la surface des dents ou de la

gorge. En revanche, aux endroits fréquemment net-
toyés, conduit lacrymal ou voies urinaires, les populations microbiennes sont plus faibles. Rosebury
pense qu'il n'y a aucune vie bactérienne dans la
vessie et dans la partie inférieure des poumons.

Malgré ces nombres astronomiques, tous les
microbes présents sur la peau tiendraient dans un
petit pois, et tous nos microbes internes mis ensemble
donneraient un volume d'un tiers de litre. C'est bien
peu comparé au volume du corps humain.

Quant au nombre d'espèces différentes habitant
« chez nous », on ne cesse d'en découvrir de nouvelles, mais le consensus semble s'établir autour
de 200. Les études menées au laboratoire d'écologie
et de physiologie du tube digestif de Jouy-en-Josas
suggèrent environ 80 espèces. Avec 80 autres pour
la bouche et un peu moins pour la peau, cela donne
un peu plus de 200. Le génome humain est constitué
de 100 000 gènes au maximum, et le génome bacté-
rien en compte 2 000. Dans un corps humain, il y a
donc davantage de gènes de bactéries que de gènes
humains.

Mais il n'y a pas que des bactéries et des virus
dans notre corps. Nous abritons aussi des parasites,
d'une taille bien supérieure et dont certains sont
d'un aspect terrifiant. Les poux sont les plus courants, mais les tiques, vecteurs de maladies graves,
et les acariens, qui se nourrissent de peau morte
mais sont aussi responsables de la gale, ne sont pas
négligeables. Dans les intestins, on peut trouver le
protozoaire responsable de la dysenterie amibienne
ou le ver solitaire, qui atteint 2 mètres de long. Le
ver Schistosoma, lui, préfère le sang et peut s'attaquer à la vessie, tandis que Wucheria (12 centimètres) choisit le système lymphatique. Le foie peut
abriter Clonorchis sinensis, qui se nourrit de bile

et, plus inquiétant encore, Naegleria fowleri, *une amibe, apprécie la chaleur du cerveau, où il se reproduit volontiers.*

❓ L'effet masque

Je n'ai jamais compris pourquoi, en plongée, l'œil donne une mauvaise image alors qu'un masque de plongée en donne une excellente. Aidez-moi !

Michael Slater

Ce phénomène est aussi à l'œuvre quand on met dans l'eau une cuiller : elle paraît brisée. La lumière, ralentie par l'eau, change de direction en passant de l'air dans l'eau. On appelle cela la réfraction.

L'œil humain, qui focalise la lumière vers la rétine, est optimisé pour prendre en compte la réfraction qui se produit lorsque la lumière passe de l'air dans la substance transparente qui le constitue. Quand la lumière provient non plus de l'air, mais de l'eau, ce « préréglage » ne convient plus et les images paraissent brouillées. Les masques de plongée, eux, rétablissent l'interface air/œil et donnent des images claires.

Richard Williams

L'intensité de la réfraction, ou déviation de la lumière, dépend des indices respectifs des deux milieux de part et d'autre de la cornée. Plus cette différence est grande, plus la déviation est importante. Les indices de l'air, de l'eau et de la cornée étant de 1, de 1,33 et de 1,38, on voit que la différence est plus faible pour l'interface eau/œil que pour l'interface air/œil.

Pour rétablir une déviation normale, l'œil devrait donc modifier sa forme, mais la différence d'indices est trop grande pour qu'il y parvienne. Il est ainsi incapable de dévier suffisamment les rayons lumineux pour qu'ils soient focalisés sur la rétine.

William Madil

3. Science à domicile

❓ Popeye et les polyphénols

Mon livre de cuisine italienne conseille de couper les épinards avec un couteau en Inox pour éviter la décoloration. Qu'est-ce qui risque d'être décoloré ? L'épinard ou le couteau ? Et quelle réaction chimique se produit ?

Hans Hamich

La raison pour laquelle il faut couper les épinards avec un couteau en Inox est surprenante, et milite en faveur des aliments qui contiennent du fer. Rappelons que la carence en fer est la première cause de déficience nutritionnelle.

La lame de fer et l'épinard seront tous deux décolorés par la réaction entre les polyphénols de l'épinard et le fer. Pour voir cette réaction plus clairement, mettez quelques cristaux d'un sel de fer, du sulfate par exemple, dans une tasse de thé. Et ne buvez pas le thé.

La couleur noire qui apparaît est due à la réaction entre les polyphénols, ou tannins, du thé, et le fer. Le composé noir obtenu est très insoluble. Cela a d'importantes répercussions pour l'absorption de fer par l'organisme car, sous cette forme, le fer n'est pas assimilable. J'ignore quelle est la source de la force de Popeye, mais ce n'est pas le fer des épinards.

On trouve des polyphénols dans beaucoup de légumes. Avec les phytines, ils expliquent pourquoi les végétariens présentent souvent des carences en fer. Compléter de tels régimes avec des sels de fer pose deux problèmes. D'abord, le fer n'est pas assimilé ; ensuite, la coloration due à la réaction fer/polyphénols rend la nourriture peu appétissante.

Patrick MacPhail

❓ Miroir magique

Quand un miroir de salle de bains se couvre de buée, on peut dessiner dessus. Quand la buée s'évapore, le dessin disparaît. Mais quand la buée revient, il réapparaît. Pourquoi ?

Glyn Williams

Quand la vapeur d'eau se condense sur un miroir sec, elle se dépose en gouttelettes séparées. Le grand nombre de gouttelettes rend le miroir opaque.

Quand vous dessinez sur le miroir avec votre doigt, les gouttelettes se rassemblent pour former un film d'eau, de sorte que le miroir redevient réfléchissant à ces endroits. Si le miroir se réchauffe, ou que l'humidité de l'air diminue, les gouttelettes s'évaporent. L'image disparaît car il n'y a plus de contraste entre les films et les gouttelettes.

Le film s'évapore cependant moins vite que les gouttes, car sa surface externe est plus faible (à volume égal, un ruban a une surface plus faible qu'une sphère). S'il n'a pas le temps de s'évaporer complètement, une nouvelle condensation se fera sous forme de gouttes, sauf là où subsiste un film : l'image réapparaîtra sur le miroir.

Si le miroir sèche complètement, le dessin ne devrait théoriquement pas réapparaître, mais il se peut que votre doigt ait laissé des traces de sueur qui, à cause de leur richesse en sel, condenseront l'humidité sous forme de film.

Les gouttes sont plus efficaces que les films pour transférer la chaleur, mais c'est un état instable : les gouttelettes tendent à fusionner pour donner des gouttes, puis des films. C'est aussi un état facile à éviter. Il suffit de nettoyer le miroir avec un chiffon imprégné d'un peu de détergent, du shampooing par exemple. Cela dépose un film en surface, qui empêche la formation de gouttelettes.

Tony Finn

Quand vous dessinez sur de la buée, vos doigts laissent un film de graisse (ou, si vous venez de vous laver, de graisse et de shampooing ou de savon). Le film est transparent : on ne le voit plus quand la buée disparaît. Mais si la buée se reforme, la taille des gouttelettes sera différente à l'endroit du dessin.

Il arrive que ce soient les zones contaminées qui favorisent la formation de gouttelettes ; l'image apparaît alors en positif et non en négatif. Mais généralement, les surfactants hydrophiles comme le savon réduisent la taille des gouttes et donnent un film transparent qui contraste avec la buée grisâtre environnante.

Hugh Wolfson

? Meringues bio

Je fais souvent des meringues, ce qui implique de battre des blancs d'œufs en neige. Récemment, j'ai acheté des œufs bio, dont les blancs ont catégoriquement refusé de monter en neige. Pourquoi ? Y a-t-il quelque chose dans la nourriture des poules bio qui empêchent leurs œufs de faire des meringues ?

Vera Gaylor

Je pense que votre correspondante fait d'un cas particulier une généralité. Je fais souvent des meringues avec des œufs bio sans aucun problème, et nos grands-parents, dont tous les œufs étaient « bio », ne faisaient-ils pas de même ?

J. Oldaker

Monter des blancs en neige consiste à interconnecter un réseau de protéines de forme adéquate. Tout ce qui empêche l'interconnexion mène à une soupe qui refuse de durcir. Le coupable est souvent l'huile. Les ustensiles doivent être propres et sans traces de détergent. Avant que les blancs ne soient montés, la moindre gouttelette d'huile ou de crème peut faire retomber la meringue.

Jon Richfield

Les œufs de nos poules, qui n'ont pas le label « bio » mais le sont vraiment, font de merveilleuses meringues. Je pense que le problème est la fraîcheur des œufs. Des blancs d'œufs de moins de cinq ou six jours ne monteront pas. Les œufs de supermar-

chés peuvent avoir jusqu'à deux semaines, mais les
«bio» sont sans doute plus frais.

Phil Baker

Vos œufs sont sans doute trop frais. Je suppose
que les protéines commencent à s'interconnecter
quand l'œuf vieillit, ce qui permet à l'albumine de
piéger des bulles d'air quand les blancs sont battus.

Lorna English

Papier, s'il vous plaît

*J'utilise toujours du papier toilette bleu car cela
va bien avec la couleur des lieux. Mais un ami m'a
dit que je devrais employer du blanc, moins néfaste
pour l'environnement. A-t-il raison? Pourquoi? Et
l'essuie-tout est-il pire que le papier toilette?*

John Shaw

Si votre ami pense que les colorants sont pol-
luants, il a tort. Les groupes chimiquement actifs sur
les molécules de colorants s'attachent très fortement
à la cellulose, ce qui explique pourquoi ces couleurs
ne coulent pas. Les colorants sont comme une souris
prise dans un piège: en croquant le fromage, la
souris devient inoffensive.

Les colorants sont chers, et les fabricants de
papier toilette, même les plus indifférents à l'écologie, n'utiliseront que le strict minimum.

Quand le papier atteint les égouts, les molécules
immobilisées dans le papier sont consommées par
les bactéries et ne s'accumulent pas dans l'environnement.

Si vous en doutez, achetez des papiers toilette de

différentes couleurs, faites-en des petits tas d'une dizaine de feuilles et enterrez-les dans un coin bien humide du jardin. Exhumez-les deux mois plus tard : vous ne retrouverez rien du tout.

Il en va de même de l'essuie-tout, qui est seulement un peu plus résistant lorsqu'il est mouillé, et doit donc donner un peu plus de fil à retordre aux bactéries.

Le vrai problème, selon moi, serait plutôt celui du blanchiment du papier.

Jon Richfield

Le bois est brun. Le papier non blanchi est brun. Le papier blanc, qui donne un meilleur contraste à la lecture, est préféré par la plupart des gens. Il est généralement blanchi au chlore, qui peut produire des dioxines cancérogènes. L'industrie du papier a radicalement diminué le nombre de composés contenant des dioxines qu'elle produit, et l'on envisage de les éliminer totalement en remplaçant le chlore par l'eau oxygénée et l'ozone, qui sont moins chers.

Signalons en passant que ce que nous considérons comme un blanc brillant est en réalité légèrement bleu. Beaucoup de papiers contiennent donc des agents blanchissants fluorescents, qui réémettent les ultraviolets sous forme de lumière bleue. On peut voir ce type de papier luire en lumière « noire ».

Brady Hauth

Le papier toilette étant rarement lu, l'argument du contraste est ici inopérant et l'usage de papier toilette non blanchi devrait logiquement s'imposer comme écologiquement correct.

Quand flottent les gnocchis

Quand je cuisine des gnocchis, j'observe qu'ils se comportent bizarrement. Je les mets dans de l'eau bouillante légèrement salée, et ils coulent immédiatement. Pourtant, l'ingrédient principal du gnocchi congelé est la glace, de densité 0,92, alors que la densité de l'eau bouillante est de 0,97. Le gnocchi ne devrait-il pas flotter jusqu'à ce que la glace fonde, puis couler ? En fait, les gnocchis montent tous au bout de deux minutes, puis restent en surface. Que se passe-t-il ?

Radko Istenic

Quand les gnocchis congelés sont mis dans l'eau chaude, la densité moyenne de tous leurs ingrédients est plus grande que celle de l'eau bouillante : ils coulent. Quand ils se réchauffent au fond de la casserole, ils se remplissent d'air et se comportent comme un matelas pneumatique que l'on gonflerait au fond d'une piscine. Leur densité globale diminue et ils remontent.

Martin Garrod

Il y a longtemps que je fais des gnocchis et, comme j'en avais des congelés, j'ai procédé à quelques expériences. D'abord, un gnocchi a une densité de 1,1, ce qui fait qu'il coule dans l'eau bouillante. Ensuite, j'ai prélevé un gnocchi remonté du fond de la casserole et mesuré à nouveau sa densité. Malgré un séchage soigneux, l'opération est délicate et les résultats doivent être pris *cum grano salis*. J'ai noté un accroissement de volume de 14 % et un accroissement de masse de 8 %. La densité a donc diminué de 5,5 %. Bizarrement cependant, quand je plaçais un tel gnocchi dans de l'eau froide, il coulait !

Les gnocchis coulent parce qu'ils sont plus denses que l'eau. Mais la farine des très bons gnocchis est remplie de microbulles d'air dont le volume augmente sous l'effet de la température, ce qui les fait revenir en surface. Mon gnocchi avait coulé dans l'eau froide car l'air de ces microbulles, refroidi, avait diminué de volume.

Maria Fremlin

Le jaune du curcuma

Pourquoi le curcuma fait-il des taches jaunes indélébiles alors que la cannelle et le paprika ne tachent pas ? Et comment faire pour enlever ces taches ?

Hefin Loxton

Le curcuma, obtenu en râpant le rhizome de *Curcuma longa*, et le paprika, qui provient des fruits de *Capsicum annuum*, sont des épices utilisées autant pour leur couleur que pour leur goût.

Le jaune du curcuma est dû à la curcumine, qui constitue environ 5 % de la poudre sèche. Les pigments rouges du paprika sont un mélange de caroténoïdes, surtout la capsanthine et la capsorubine, qui en constituent 0,5 %.

Les caroténoïdes rouges, longues chaînes moléculaires, sont solubles dans les solvants organiques comme le white-spirit. La curcumine est composée de molécules plus courtes, terminées par un groupe phényle. Elle est insoluble dans l'eau, mais pas dans le méthanol. On peut donc s'attendre à ce que le curcuma et le paprika tachent les peintures murales et les plastiques, qui contiennent des solvants organiques. On peut aussi s'attendre à ce qu'ils se concentrent, lors de la cuisson, dans les parties graisseuses des aliments.

Afin de comparer leurs pouvoirs colorants, mettez une bonne pincée de curcuma dans deux petits pots à épices, et faites de même avec du paprika. Ajoutez une cuiller à café d'alcool à brûler dans l'un des pots et la même quantité de white-spirit dans l'autre. En agitant, vous verrez apparaître le jaune du curcuma côté alcool, et le rouge du paprika côté white-spirit. Mais le jaune du curcuma est bien plus soutenu.

Cela explique pourquoi le curcuma tache davantage que les autres épices : il contient tout simplement davantage de matières colorantes. Le curcuma est stable à la chaleur, mais pas à la lumière. La bonne méthode pour se débarrasser d'une tache de curcuma est donc de la laver d'abord à l'alcool, puis de placer le tissu en plein soleil.

Michael Elphick

La malédiction de l'élastique

Pourquoi les vieux élastiques ont-ils tendance à fondre avant de se transformer en une masse friable ?

Stuart Arnold

Le caoutchouc est constitué de chaînes de poly-isoprène qui glissent l'une contre l'autre quand le matériau est étiré. À l'état brut, le caoutchouc est trop mou et collant pour être utilisé ; on le durcit en lui ajoutant des produits chimiques comme le soufre qui créent des liens transversaux entre les chaînes. Cela s'appelle la vulcanisation.

Avec le temps, les ultraviolets et l'oxygène de l'air réagissent avec le caoutchouc, créant des radicaux qui coupent les chaînes de polyisoprène en segments plus courts. Cela ramène le caoutchouc à son état initial – mou et collant. Mais ces radicaux forment aussi de nouveaux liens entre les chaînes : le caoutchouc durcit et finit par devenir cassant.

La vitesse à laquelle un élastique devient mou, puis cassant, dépend de la vitesse de ces réactions, des additifs et autres colorants qu'il contient, ainsi que des conditions dans lesquelles on le conserve. La lumière et la chaleur accélèrent ces réactions (la vitesse est doublée si la température augmente de 10 °C), et la présence d'ozone (gaz notamment produit par les photocopieurs) encore plus. Enfin, un élastique tendu – autour d'un dossier par exemple – s'use plus vite car ses chaînes sont plus rapprochées : les radicaux « sautent » plus facilement d'une molécule à l'autre.

Le secret du citron

Pourquoi le jus de citron empêche-t-il les pommes et les poires de brunir ?

Brian Dobson

Pour répondre à cette question, il faut d'abord comprendre pourquoi certains tissus végétaux brunissent quand on les coupe. Les cellules végétales possèdent différents compartiments, dont les vacuoles et les chloroplastes, séparés par des membranes. Les vacuoles contiennent des composés phénoliques, parfois colorés mais le plus souvent incolores, tandis que d'autres compartiments contiennent des enzymes appelées polyphénoloxydases.

Dans une cellule de plante saine, des membranes séparent les phénoliques et les oxydases. Quand la cellule est endommagée – par un couteau, par exemple –, les phénoliques s'échappent des vacuoles et viennent au contact des oxydases. En présence de l'oxygène de l'air, ces dernières oxydent les composés phénoliques pour donner des espèces chimiques qui protègent la plante en réparant ses blessures, mais aussi en la colorant en brun.

La réaction de brunissement peut être arrêtée par deux agents, tous deux présents dans le jus de citron. Le premier est la vitamine C, antioxydant biologique qui s'oxyde lui-même en un produit incolore, en lieu et place des phénoliques. L'autre agent est une série d'acides organiques, spécialement l'acide citrique, qui abaisse le pH en dessous de celui favorable aux oxydases, ce qui ralentit le brunissement.

Le jus de citron a cinquante fois plus de vitamine C que les pommes et les poires, et est beaucoup plus acide, avec un pH de l'ordre de 2. Le jus de citron empêche donc aussitôt le brunissement. On pourrait parvenir au même résultat en plaçant les fruits dans une atmosphère d'azote et de gaz carbonique, sans l'oxygène nécessaire aux oxydases.

Le céleri-rave permet d'observer facilement le brunissement. Coupez une grande tranche de cette racine, puis posez dessus plusieurs petits disques de papier-filtre imprégnés de jus de citron, de jus de pomme, de vitamine C, d'autres antioxydants, ou d'acide citrique. Les produits bloquant l'action des oxydases laisseront un disque blanc sur le céleri.

Stephen C. Fry, biologie moléculaire et cellulaire, université d'Édimbourg

La polyphénoloxydase (PPO) a été découverte dans les champignons en 1856 par le chimiste allemand Christian Schönbein. Elle est très répandue dans la nature, y compris chez les hommes, les animaux et les plantes. Sa fonction chez les plantes est de les protéger contre les insectes et les microorganismes quand la peau du fruit est endommagée. La surface brune formée n'est pas attirante pour les insectes ou les autres animaux, et elle a en outre des propriétés antibactériennes.

Cet effet peut être indésirable. Il donne leur goût caractéristique au thé, au café ou au chocolat, mais il rend les avocats, les pommes ou les poires difficiles à vendre, ce qui pose un gros problème économique.

Angeles Hernández Y Hernández, Institut des sciences de la Terre, Grenade

Concept Aero

Une barre de chocolat bien connue (Aero en Grande-Bretagne, Luflée en France) contient des bulles d'air. Ces bulles sont distribuées uniformément dans toute la barre. Comment parvient-on à

cette structure ? Pourquoi les bulles ne remontent-elles pas en surface quand le chocolat se solidifie ?

Natasha Thomas

Le procédé de fabrication de cette barre est gardé secret par Nestlé Rowntree. Je peux cependant vous dévoiler le nombre approximatif de bulles dans une barre : 2 200 !

Marie Fagan, Service de presse, Nestlé

Les détails sont peut-être secrets, mais le concept se trouve dans le brevet GB 459 583 qui date de 1935.

Le chocolat est chauffé jusqu'à ce qu'il soit fluide, puis aéré, au fouet par exemple, pour produire des petites bulles disséminées dans tout le chocolat. Versé dans des moules, le chocolat refroidit tandis que la pression de l'air des bulles est abaissée. Le volume des bulles, en conséquence, augmente, ce qui donne au chocolat final son aspect en bulles figées. Le revêtement externe de chocolat solide est versé dans le moule avant celui de la barre.

Le brevet n'explique pas pourquoi les bulles ne remontent pas en surface, mais cela est peut-être dû à la grande viscosité du chocolat semi-fondu, et à la rapidité du refroidissement.

Les brevets donnent beaucoup d'informations techniques. Il semble que 80 % des innovations techniques proviennent des brevets. On peut voir et imprimer GB 459 583 en allant sur le site du Bureau des brevets (www.patent.gov.uk).

Melvyn Rees

Je n'ai pas la réponse chocolatée attendue par votre correspondant, mais, en tant que fabricant de savon, j'ai utilisé le même procédé pour faire un savon flottant. Les expériences ont été concluantes dans la mesure où le savon flottait bien, mais le produit n'était pas commercialement viable car il se dissolvait trop rapidement.

Mike Dignen

David Bailey, avocat, et Armen Kachikian, du service des brevets de la British Library, ont retrouvé un autre brevet, GB 459 582, daté du même jour que le précédent, soumis par le chocolatier Rowntree et exposant le concept « Aero ». La marque avait été déposée huit jours avant le brevet. Les brevets britanniques sont censés expirer au bout de vingt ans, mais Aero est toujours valable aujourd'hui…

Tom Jackson a retrouvé le brevet américain US 4 272 558 (et GB 480 951) datant de 1938 et concernant des « améliorations pour la nourriture et la boisson ». Ce brevet indique comment faire « buller » le chocolat avec du gaz sous pression qui se détend à travers une tuyère : « L'expulsion du gaz dans une région à la pression atmosphérique provoque l'expansion du gaz au sein du chocolat, ce qui lui donne une structure poreuse, en cellules semblables à celles des nids- d'abeilles. »

❓ Ave Tia Maria

La liqueur de café (Tia Maria) peut être bue à la paille sous une fine couche de crème. Si la crème est versée à la surface de la liqueur, sur une épaisseur de 2 millimètres, et laissée reposer pendant 2 minutes, la surface commence à se fragmenter en plusieurs cellules toroïdales, en forme de petits anneaux. Ces cellules engendrent en surface une circulation rapide, qui persiste même si l'on aspire de la liqueur. Pourquoi ces cellules se développent-elles, et qu'est-ce qui les entretient ?

Geoffrey Sherlock

Nous sommes très heureux de constater que cette question posée en 1995 a généré un projet de recherche associant Julyan Cartwright du Laboratoire de cristallographie de Grenade, Oreste Piro de l'Institut méditerranéen d'études avancées de Majorque, et Ana Villacampa du Laboratoire Laurence Livermore, en Californie. Leur article, « Pattern formation in solutal convection : vermiculated rolls and isolated cells » (Morphogenèse par convection solutale : rouleaux vermiculés et cellules isolées), a été publié dans la revue Physica A *(vol. 314, p. 291). Depuis 1995, de nombreuses théories ont été émises, la plupart faisant intervenir la réaction entre l'alcool et la crème. On connaît maintenant la réponse définitive, donnée ici par le premier auteur de l'article de* Physica A.*

Nous avons testé ce phénomène et avons été fascinés. Les motifs qui se forment sont superbes, et différents selon l'épaisseur de la crème.

Tout cela est dû à la convection, mouvement fluide associé à des différences de température ou de concentration. C'est ce dernier type de convection, dite solutale, qui intervient entre la liqueur et la crème.

Le composant important de la liqueur est l'alcool. Dès que la crème est versée en surface, l'alcool diffuse à travers la couche de crème. Quand il atteint la surface, il modifie la tension de surface en l'abaissant. Le liquide se met alors à circuler des zones de faible tension superficielle vers celles de forte tension. Le liquide déplacé est remplacé en continu par le liquide situé sous les zones de faible tension superficielle.

Mais ce liquide, contenant encore plus d'alcool, a une tension superficielle encore plus faible et est déplacé à son tour. Telle est l'origine du mouvement de convection que l'on observe.

Ce type de convection, entretenu par la tension superficielle, est une convection de Bénard-Marangoni, très active pour les fines couches de fluides. Elle intervient dans le séchage des peintures et dans les fines couches d'alcool qui se déposent sous forme de « larmes » sur les parois des verres.

L'autre mécanisme responsable de la convection est la chaleur. Mais la convection thermique, ou de Rayleigh-Bénard, du type de celle que l'on observe dans une casserole où bout un liquide, n'est pas en cause ici puisque la crème est moins dense que la liqueur et reste en surface.

Les motifs qui apparaissent par convection ont été bien étudiés dans le cas des rouleaux de nuages, ou des hexagones qui se forment quand on fait chauffer de l'huile dans une poêle. Le Tia Maria est une curiosité, car les motifs qui s'y forment ne sont ni des rouleaux ni des hexagones.

Des motifs analogues ont été mentionnés dans la littérature savante, en particulier dans des articles du début du XXe siècle. Les motifs en forme de vers (vermiculaires) apparaissent dans de fines couches de crème, ceux en forme de tores ou de pneus (cellules toroïdales) dans des couches plus épaisses. Tous deux sont dus à ce que la couche de crème bloque partiellement les mouvements de convection de la liqueur de café.

La recherche récente sur la convection tend à ignorer ces types de convection, au prétexte que les liquides en présence ne sont pas purifiés et que leurs mouvements sont peut-être dus à des impuretés. Nos études sur la liqueur de café ont montré que les mêmes motifs s'observent avec des fluides purifiés.

Julyan Cartwright, Oreste Piro, Ana Villacampa

? Dur comme du miel

Pourquoi un miel bien clair et liquide, dans un pot non ouvert, peut-il se changer brutalement en une masse de sucre solide ? Des pots qui sont restés clairs pendant des années peuvent, en quelques semaines, se changer en sucre bien qu'ils restent immobiles sur une étagère. La température ne semble pas en cause : cela se produit aussi bien en été qu'en hiver.

Billy Gilligan

Les apiculteurs ne sont pas d'accord là-dessus, mais il est vrai qu'il existe de nombreux miels différents. Le miel est une solution sursaturée de diverses proportions de sucres (surtout de glucose et de fructose), contenant des écailles d'insectes, des grains de pollen et des molécules organiques qui favorisent le processus de cristallisation. Le glucose a une tendance naturelle à cristalliser tandis que le fructose reste en solution. Les miels d'aloès, riches en glucose et en noyaux de cristallisation, tendent à donner des petites boulettes solides, alors que d'autres miels, d'eucalyptus par exemple, restent clairs et liquides pendant des années.

Une prise en masse soudaine peut être due à la formation de noyaux de cristallisation par des microbes, un assèchement local, une oxydation ou d'autres réactions chimiques. La cristallisation peut aussi être spontanée ; certains miels y sont sujets, d'autres très rarement.

On peut la provoquer en dispersant des cristaux de sucre dans le miel, ou en le touillant énergiquement. Le sirop qui reste entre les parties cristallisées est plus liquide et beaucoup moins sucré que le miel initial.

Jon Richfield

J'ai vu cela se produire bien des fois. Un facteur déterminant semble être la source dont provient le miel. Le miel de colza cristallise une semaine ou deux après sa production par les abeilles. Le miel de bruyère semble ne jamais cristalliser. Le miel de fuchsia est le plus liquide de tous, au point d'être capable de fermenter, même lorsqu'il provient de cellules de la ruche scellées. Mais lui aussi finit par cristalliser, au bout d'un ou deux ans.

Pat Doncaster

❓ L'effet glouglou

Quand on verse un liquide d'une bouteille, coule-t-il plus vite au début, à la fin, ou au moment où, entre les deux, apparaît le célèbre « glouglou » ?

Randy Baron

L'eau coulant d'une bouteille n'a pas de surface libre. L'eau qui sort doit donc être remplacée par quelque chose d'autre, car les liquides sont très peu compressibles. Si la bouteille est en plastique déformable, ses parois se déformeront en conséquence.

Dans une bouteille en verre, un autre mécanisme doit intervenir : des bulles d'air pénètrent par le goulot de la bouteille pour aller remplacer l'eau manquante. L'air entrant et l'eau sortante doivent passer chacun à leur tour, ce qui donne naissance à l'effet glouglou.

Deux autres facteurs affectent la sortie de l'eau. D'abord, si la bouteille n'est pas pleine, l'important volume d'air qui s'y trouve voit son volume augmenter à mesure que l'eau s'échappe. Cela continue jusqu'à ce que la pression de l'air soit égale à celle de la colonne d'eau dans la bouteille. Ce n'est qu'ensuite que le glouglou commence.

Un autre facteur est le siphon. Tenue dans une certaine position, la bouteille force l'eau à tourner à l'extérieur du goulot, ce qui laisse au centre une colonne d'air à peu près libre. En faisant décrire à la bouteille des petits cercles avant de la vider, on parvient à produire de très belles tornades en bouteille.

Tout cela est utilisé dans les dispositifs industriels de séparation de liquides, appelés « hydrocyclones », qui ressemblent un peu à une bouteille de lait renversée et produisent des motifs d'écoulement aux noms évocateurs : en corde, en cône ou en écume.

Martin Pitt, ingénierie chimique,
université de Sheffield

Une petite expérience faite dans les locaux de New Scientist *confirme que, quel que soit l'angle auquel est tenue la bouteille, la sortie de l'eau est plus rapide quand la bouteille est pleine : la pression est alors maximale au niveau du goulot.*

Pour vider la bouteille plus rapidement, il vaut mieux ne pas la tenir verticale. Cela évite le glouglou qui ralentit l'évacuation de l'eau. Pour battre des records, suivez le conseil de Martin Pitt : donnez à la bouteille un mouvement circulaire, retournez-la puis continuez le mouvement de rotation.

Nous avons trouvé qu'une bouteille de 75 centilitres se vide en 9,9 secondes si elle est renversée verticalement, mais en 8,1 secondes si elle est tenue à 45 degrés. En la faisant tourner afin que se forme une petite tornade qui permet le remplacement de l'air en continu, on atteint 7,7 secondes.

De toute façon, la vitesse diminue à mesure que la hauteur d'eau diminue. En divisant le volume de la bouteille en trois parties égales, et, en ne comptant le temps nécessaire pour les évacuer, on obtient pour les cas analysés ci-dessus : 2,5, 3,5 et 3,8 secondes pour la bouteille verticale ; 2, 2,4 et 3,7 pour la bouteille penchée, et 2, 2,3 et 3,3 pour la bouteille à cyclone. Cette dernière méthode n'est pas recommandée pour verser de la bière ou toute autre boisson gazeuse d'une bouteille dans un verre...

Le cinquième goût

Le glutamate monosodique est très utilisé dans la cuisine chinoise et japonaise. Pourquoi est-il devenu si populaire, et comment modifie-t-il la saveur des aliments ?

Michael Stuart

Le glutamate est employé depuis très longtemps dans la cuisine orientale. Pendant des milliers d'années, les Japonais ont mis une algue, le kombu, dans la nourriture pour en améliorer le goût. C'est seulement en 1908, cependant, que le glutamate monosodique a été identifié comme le principal composant du kombu.

Depuis cette date et jusqu'en 1956, le glutamate était produit industriellement selon un procédé d'extraction très lent. On est passé ensuite à une production à grande échelle basée sur la fermentation des mélasses de betterave à sucre et de canne à sucre. Aujourd'hui, la production annuelle est de l'ordre de quelques centaines de milliers de tonnes.

Le glutamate monosodique contient 78,2 % de glutamate, 12,2 % de sodium et 9,6 % d'eau. Le glutamate, ou acide glutamique, est un acide aminé que l'on trouve dans les aliments protéiques comme la viande, les légumes, les volailles et le lait. Le roquefort et le parmesan en contiennent beaucoup. Mais le glutamate industriel est un peu différent : au lieu de ne contenir que de l'acide glutamique gauche (car certaines molécules ont un « sens »), il contient aussi de l'acide glutamique droit, ainsi que de l'acide pyroglutamique et d'autres espèces chimiques.

Peu de gens savent que le glutamate n'est pas seulement utilisé en Chine et au Japon. En Italie, on en met dans les pizzas et les lasagnes ; aux États-Unis, dans les soupes et les ragoûts, et en Angleterre dans les céréales et les chips.

On pense que le glutamate intensifie le « cinquième goût » qui se trouve naturellement dans certaines nourritures – les quatre autres étant le sucré, l'amer, le salé et l'acide. Ce cinquième goût – umami en japonais – est souvent décrit comme proche de celui d'un bouillon de viande.

Umami a été identifié en tant que goût en 1908 par Kikune Ikeda, de l'Université impériale de Tokyo, en même temps que le glutamate fut trouvé dans le kombu. Il est logique, du point de vue de l'évolution, que nous trouvions du charme au glutamate, puisque c'est l'acide aminé le plus abondant dans nos aliments.

Certains prétendent que l'umami signale la présence de protéines dans la nourriture, de même que le sucré signale celle d'hydrates de carbone énergétiques, l'amer celle de toxines, le salé celle de minéraux et l'acide une probable fermentation. Une équipe de chercheurs a identifié un récepteur de l'umami, qui est une forme modifiée d'une molécule baptisée mGluR4.

Mark Bollie

Thé au citron

Il suffit de mettre quelques gouttes de jus de citron dans du thé noir pour qu'il s'éclaircisse considérablement. Pourquoi ?

Stuart Robb

L'ajout de jus de citron change l'acidité, et donc la couleur. Le thé est comme le papier pH qui change de couleur selon l'acidité. On observe le même effet avec le jus de cuisson du chou rouge.

Aron

Les feuilles de thé contiennent des composés chimiques, les polyphénols, qui constituent le tiers de leur masse sèche. La couleur du thé et une bonne partie de son goût sont dues à ces polyphénols.

Parmi ces polyphénols, les théarubigines sont les pigments rouge-brun que l'on trouve dans le thé noir. La couleur de ce thé dépend aussi de la concentration des ions hydrogène dans l'eau. Les théarubigines sont des acides faibles et les anions (ions négatifs) qu'ils produisent sont très colorés. Si l'eau du thé est basique, la couleur du thé sera plus foncée car les théarubigines seront davantage ionisées.

Si on lui ajoute du jus de citron, qui est un acide, les ions hydrogène (positifs) neutralisent les ions théarubigines et la couleur s'adoucit. Les théaflavines, quant à elles – les polyphénols jaunes du thé –, n'interviennent pas dans ce changement de couleur.

Johan Uys

❓ Bouteilles à la mer

J'ai appris que les vieilles bouteilles de madère pouvaient être gardées en position verticale, et ce pendant des siècles. On garde pourtant les bouteilles de vin horizontales pour que le bouchon reste humide. Pourquoi le madère est-il différent ?

Cristina Mariana

Les vieilles bouteilles de madère ne doivent pas être gardées verticales, mais, si c'est le cas, ça ne leur fera pas beaucoup de mal.

Une fois qu'un vin est embouteillé, le grand ennemi est l'oxygène. En oxydant le vin (qui devient du vinaigre), il donne un goût acide et une odeur désagréable. Le bouchon doit empêcher l'oxygène d'entrer, et ne garder que celui qui se trouve dans le goulot. Et comme les bouchons rétrécissent en séchant, les bouteilles verticales finiront par laisser pénétrer l'oxygène. C'est pour cela qu'on laisse les bouteilles horizontales, afin de garantir l'étanchéité du bouchon.

Le vin de Madère est additionné d'un peu d'alcool avant que la fermentation ne soit complète. Cela fait qu'il reste un peu de sucre dans le vin car l'alcool tend à tuer la levure. Un autre effet est de donner, bien sûr, un vin plus alcoolisé (entre 16 et 20 degrés) qui, dans l'ensemble, résiste mieux à l'oxydation.

Mais le madère est un cas particulier. Il est meilleur quand il est légèrement oxydé, ce qui a été découvert accidentellement au XVIIIe siècle lorsqu'on envoyait sur des navires des barriques de madère qui passaient de longs mois à fond de cale dans les régions tropicales. De fait, un vin oxydé est dit « madérisé ». C'est pour cela qu'un madère est moins susceptible qu'un autre vin de se madériser davantage qu'il n'est, suite à un bouchon sec, par exemple.

Pourquoi, alors, recommande-t-on la position verticale ? Entre 5 et 10 % des bouchons pourrissent quand ils sont humides, ce qui donne au vin un goût « bouchonné ». Cela ne risque évidemment pas d'arriver au madère vertical. Ce vin sera-t-il toujours buvable des siècles plus tard ? J'ai eu récemment le privilège d'ouvrir, de décanter et de tester environ 5 centilitres d'un madère de 1814. Il était toujours buvable – pas bon, mais buvable. Il avait été rebouché tous les vingt-cinq ans environ. Il s'appelait « Violet » et, comme ma femme s'appelle Violette, j'ai gardé la bouteille. À cette époque, le madère était souvent baptisé du nom du navire qui le transportait aux États-Unis.

Edward Hobbs, œnologue

Un vieux madère peut fort bien vieillir davantage que son bouchon. Il faut donc changer le bouchon tous les dix ou vingt ans. Certains spécialistes notent même sur l'étiquette les dates de bouchonnage. L'oxydation avancée du vin permet de pratiquer cette opération osée qui, avec du porto ou du sherry, serait fatale.

Le procédé qui permet au madère de s'oxyder, nommé « estufagem », a été découvert accidentellement après que des barriques ayant passé des mois sous les tropiques ont révélé un goût et une couleur très agréables. Pendant des siècles, les producteurs ont continué à proposer leurs barriques de madère comme ballasts pour stabiliser les bateaux : à haute température et à fond de cale, ils se madérisaient parfaitement. Aujourd'hui, les cales sont moins accueillantes et le madère est simplement conservé à 50 °C pendant trois mois.

Mark McKegrow

? Drink très long

Quelle est la taille maximale d'une paille pour boire une boisson gazeuse ?

Bhargav, Hyderabad, Inde

Si vous faites un vide parfait au-dessus d'un liquide non volatil, la hauteur maximale à laquelle vous pourriez élever le liquide serait telle que la colonne de liquide équilibre la pression atmosphérique (101 325 pascals). Cette pression est donnée par $\rho g h$, où ρ est la masse volumique du liquide, g l'accélération de la pesanteur (9,81 m/s^2) et h la hauteur de la colonne. Pour l'eau (de masse volumique 1 000 kg/m^3), cela donne une hauteur maximale de 10,3 mètres.

Cependant, à cause de la pression de vapeur de l'eau (3 536 pascals à 27 °C), cette dernière commencera à bouillir avant que le vide parfait ne soit atteint. La pression de vapeur maximale serait donc :

101 325 − 3 536 = 97 789 pascals.

Cela donne une hauteur maximale de 9,97 mètres.

Dans le cas d'une boisson gazeuse, cela se complique à cause du CO_2 dissous, qui va commencer à bouillir sous vide. En aspirant avec précaution et très lentement, vous aurez d'abord le CO_2 puis, ensuite, une boisson sans gaz. Si vous aspirez très vite, vous aurez le liquide avant que le CO_2 ne forme de bulles. Vous obtiendrez en fait une mousse de liquide et de bulles, et pourrez utiliser une paille plus longue car la densité de la mousse serait plus basse que celle de l'eau.

La réponse à votre question dépend donc de la quantité de CO_2 que vous souhaitez et de la vitesse à laquelle vous êtes capable d'aspirer. Il faudra aussi penser à autre chose qu'une paille en plastique : ce matériau a tendance à s'amollir dans le vide.

Simon Iveson, ingénierie chimique, université
de Newcastle, Australie

Avec une paille rigide en plastique, nos élèves arrivent à aspirer jusqu'à environ 2 mètres. En bloquant le tube avec le bout de la langue, puis en recommençant à aspirer, on atteint facilement 4 mètres. C'est notre record, car nous sommes limités par la hauteur de notre échelle, et les autres options (escalier du collège, toit du troisième étage) ne sont pas raisonnables avec une classe de trente élèves.

Je suppose que cette hauteur n'est pas loin de la limite pratique. La dépression dans la bouche étant la même que celle au sommet du tube, l'exercice devient impraticable car il devient impossible de retirer la langue du tube.

Se pose aussi le problème de la pression des poumons qui peut chuter dramatiquement avec des conséquences catastrophiques. Il est sage de s'arrêter là.

Keith Sherratt, professeur de physique

Soyez prudent si vous tentez l'expérience. Non seulement vous risquez de tousser désagréablement, mais une succion trop intense peut vous ensanglanter la bouche.

Dans le désert du Kalahari, il y a une dizaine d'années, les !Kung aspiraient l'eau de petits trous dans les rochers. À la saison sèche, ils mettaient bout à bout des roseaux pour faire de longues pailles. Les hommes qui parvenaient à aspirer de l'eau la rejetaient dans un récipient commun à toute la tribu.

Jon Richfield

❓ Tissu électrique

Quelqu'un peut-il me dire comment font les fabricants de vêtements pour empêcher l'accumulation d'électricité statique ?

Johanna

L'électricité statique est un déséquilibre de charges électriques – un manque ou un surplus d'électrons à la surface d'un matériau. Cela se produit souvent quand deux tissus sont mis en contact, puis séparés. L'un d'eux prend une charge positive, l'autre une charge négative. La friction entre deux tissus augmente encore cet effet.

Dans des conditions habituelles, les fibres de coton et de laine ont une forte humidité, ce qui les rend un peu conductrices. Les charges ne peuvent donc s'accumuler puisqu'elles se déplacent dès qu'elles apparaissent. Les tissus synthétiques, eux, surtout par temps sec, conservent très bien les charges. Pour réduire cet effet, on dépose à la surface du tissu une couche d'apprêt qui réduit la résistance électrique de surface.

Paul Thompson

L'électricité statique des tissus est due à la friction fibre/fibre, fibre/personne ou même fibre/air, et dépend du matériau utilisé. La quantité de charges accumulée dépend aussi beaucoup de l'humidité – plus l'humidité est grande, moins les charges s'accumulent. Les fibres comme la rayonne, la soie, le coton et le lin ont une forte humidité naturelle et sont peu sujettes aux problèmes électriques. En revanche, le polyester, les acryliques et le polypropylène, peu humides, sont très « électriques ».

Les apprêts ou vaporisateurs antistatiques sont de deux types. Les premiers contiennent des molécules comprenant des groupes chargés, qui agissent comme des conducteurs et dissipent les charges électriques. Les seconds sont des humidifiants qui permettent aussi au textile de dissiper son énergie électrique. L'excès d'humidité en surface augmente la conductance électrique et le transfert des charges en un autre endroit du tissu.

L'industrie textile fabrique des produits antistatiques. Dans les tapis, un petit pourcentage de fibres (3 %) est doté de chaînes carbonées destinées à évacuer les charges statiques. Mélanger un peu de noir de carbone à du latex ou à un plastique a le même effet.

Dans le cas d'un tapis de laine tissé, on peut ajouter des fibres métalliques, ou encore imprégner la fibre avec de la vapeur d'aluminium ou d'argent, éléments chimiques très conducteurs. Il est alors important, sous peine d'obtenir un tissu uniformément gris, de ne pas dépasser 5 % de matière traitée.

Bob Wagner

Les apprêts antistatiques contiennent des « surfactants ». Il s'agit de longues molécules (comme celles de l'huile ou du savon) portant une charge positive à une extrémité. On utilise souvent l'ion ammonium, dans lequel l'atome d'azote est entouré de quatre groupes organiques.

Pendant la fabrication, la charge négative qui apparaît à la surface du tissu attire l'extrémité positive des molécules de surfactant. Ces longues molécules lubrifient les fibres pour réduire la friction responsable de l'électricité statique. Elles facilitent en outre le repassage et donnent au tissu une douceur particulière.

Richard Phillips

La concavité de la tartine

Pourquoi une tartine de pain recouverte de miel devient-elle peu à peu concave ?

Donald Trollope

Ma femme m'assure que sa tartine n'a jamais le temps de devenir concave. Mais pour ceux qui mangent plus lentement, voici une explication.

Le pain contient environ 40 % d'eau tandis que le miel est une solution contenant 80 % de sucre et 20 % d'eau. Cela signifie que, par osmose, l'eau du pain va passer dans le miel. Enlever l'eau du pain réduit son volume, mais seulement du côté en contact avec le miel. La tartine devient donc concave.

Cela sera moins évident si vous beurrez votre tartine avant d'y déposer du miel. Le beurre forme une couche imperméable qui empêche la déshydratation du pain.

Peter Bursztyn

Lumière grise

Avec le temps, les lampes à incandescence deviennent grisâtres en surface. Pourquoi ?

Kirsty Rhode

Cela est dû à l'évaporation du tungstène du filament, qui se dépose sur la surface interne de l'ampoule. Cette évaporation finit d'ailleurs par tellement amincir le filament qu'il casse.

On a essayé plusieurs méthodes pour empêcher ce phénomène. Les premières lampes à incandescence étaient des ampoules à vide, mais il apparut rapidement que l'ajout d'un gaz inerte améliorait notablement leur durée de vie. On utilise aujourd'hui un mélange d'azote et d'argon, un gaz inerte. En outre, des métaux réactifs comme le tantale ou le titane peuvent être placés près du filament pour attirer les particules de tungstène qui ne se sont pas déposées sur l'ampoule. Un peu de poudre de tungstène abrasive peut aussi être placée dans l'ampoule. En l'agitant de temps à autre, on enlève les particules déposées sur le verre.

On peut aussi éliminer le phénomène en introduisant dans l'ampoule une petite quantité d'iode ou de brome. Le tungstène qui s'échappe du filament réagit avec ces « halogènes » qui le redéposent sur le filament ! Pour empêcher les halogénures de tungstène de se condenser sur le verre et d'interrompre le cycle, la température de l'ampoule doit être au moins de 500 °C. C'est trop chaud pour les ampoules de verre, qui fonctionnent généralement à 150 °C, ce qui oblige à employer du quartz, ou dioxyde de silicium.

Par rapport aux lampes à incandescence ordinaires, les lampes halogènes à quartz ont des durées de vie supérieures et une meilleure puissance d'éclairage. Une lampe halogène, au bout de 2 000 heures, n'a perdu que 5 % d'énergie lumineuse. Une lampe à incandescence, au bout de 1 000 heures, en a perdu plus de 15 %.

Ross Firestone

Cela peut s'expliquer par le fait que les lampes n'émettent pas de la lumière, mais qu'elles absorbent de l'obscurité. La théorie de «l'aspiration obscure» est trop complexe pour être décrite ici en détail, mais elle prouve 1) l'existence de l'obscurité ; 2) le fait que l'obscurité est plus lourde que la lumière ; 3) qu'elle est colorée ; et 4) qu'elle se propage plus vite que la lumière.

Pour répondre à votre question, une ampoule devient grise avec le temps à cause de l'obscurité qu'elle a absorbée. De même, une bougie, type très primitif d'aspirateur obscur, noircit avec l'âge à cause de l'accumulation d'obscurité qu'elle a provoquée.

Ken Walke

Le lecteur aura compris que la théorie de l'aspiration obscure n'a pas encore reçu l'aval de la communauté scientifique.

Bière qui mousse...

Pourquoi la bière perd-elle ses bulles quand il fait chaud ?

Jon Shaw

La réponse tient au comportement des gaz et à leur solubilité dans l'eau. La plupart des bières sont des solutions de sucres, de gaz, d'acides organiques, d'alcools et d'autres composés complexes.

Le gaz dissous est le dioxyde de carbone. Dans les « ales » anglaises, il est obtenu par fermentation de la levure sur les sucres résiduels ; dans la plupart des autres bières, il est ajouté artificiellement avant la mise en bouteille.

Il se trouve que la solubilité du CO_2 dépend de la température du solvant dans lequel il est dissous. Une bière froide peut en contenir davantage qu'une bière chaude. C'est aussi pour cela que les poissons qui ont besoin de beaucoup d'oxygène, comme la truite ou le saumon, vivent dans des rivières froides, riches en oxygène dissous.

La bière servie à la pression a une certaine concentration de CO_2 dissous, mais cette concentration diminue si la température de la pièce est élevée. L'excès de gaz se dégage dans l'atmosphère via les bulles que l'on voit s'élever dans le verre, ainsi que d'autres composés volatils issus du malt et du houblon, ce qui altère le goût de la bière.

Certaines bières perdent leurs bulles moins vite que d'autres. Les « bitters » anglaises, très goûteuses car contenant beaucoup de molécules d'esters et d'alcools à longues chaînes, sont servies plus tièdes que les «lagers» continentales, dont le goût moins prononcé se perçoit moins si la température est plus basse. On les sert donc plus froides, mais cela implique qu'elles perdent plus vite leur CO_2, puisque la différence de température avec l'air ambiant est plus grande.

Quel que soit le type de bière, il est donc conseillé de boire aussi vite que possible, et dans une pièce bien froide…

Geoff Nicholson

4. L'univers

Galaxies en folie

Si toute la matière de l'univers a été créée lors du Big Bang, et si l'univers est depuis en expansion, comment se peut-il que deux galaxies puissent entrer en collision ?

Don Jewett

L'expansion de l'univers est l'expansion de l'espace lui-même, pas de la matière qu'il contient. Le mouvement local de cette matière est indépendant de l'expansion globale de l'espace. De fait, la galaxie d'Andromède se dirige vers nous.

Grant Thomson

Le Big Bang n'a pas été une explosion ordinaire, dans laquelle des fragments de matière sont éjectés dans toutes les directions. Il a provoqué une expansion de l'espace lui-même.

L'image classique consiste à considérer les galaxies comme des points sur un ballon que l'on gonfle. Les galaxies s'écartent les unes des autres sous l'effet de l'expansion du ballon. Mais dans cette analogie, il faut bien garder à l'esprit que c'est la surface du ballon, et non son volume interne, qui représente notre espace à trois dimensions.

Les galaxies peuvent avoir leurs propres trajectoires à la surface du ballon, sous l'effet de l'attraction gravitationnelle des autres galaxies. Ce mouvement local est distinct de l'expansion de l'espace : deux galaxies peuvent donc entrer en collision.

Bogdan Kamenicky

L'univers est globalement en expansion. Mais la gravité fait que toute la matière ne s'éloigne pas du centre. Voyez la Terre sur son orbite autour du Soleil. Nous passons la moitié du temps à nous éloigner du centre de l'univers (quel qu'il soit, et où qu'il soit), et l'autre moitié à y revenir.

Steve Minear, université Emory, Atlanta

Une boussole dans l'espace

Si on emporte une boussole dans l'espace, à partir de quelle distance de la Terre cessera-t-elle d'indiquer le nord ? Au-delà, elle sera sans doute soumise au champ magnétique du Soleil ou d'autres planètes : quelle direction indiquera-t-elle ?

Ben

Le champ magnétique de la Terre ressemble au volume d'une pomme, avec deux « ouvertures » au niveau des pôles magnétiques. Cette bulle invisible, la magnétosphère, s'étend jusqu'à environ 60 000 kilomètres dans l'espace. À l'extérieur de la magnétosphère, on se retrouve sous l'influence du vent solaire, un flux de particules chargées guidées par le champ magnétique du Soleil. Pendant les périodes de faible activité solaire, ce champ magnétique a la forme d'une spirale, sous l'effet de la rotation du Soleil, un peu comme un jet d'eau en rotation.

Les mesures de champ magnétique interplanétaire par des sondes spatiales permettent de comprendre l'interaction entre le champ solaire et celui de la Terre. Les aurores polaires, par exemple, sont dues à l'interaction avec l'atmosphère terrestre du vent solaire attiré par les deux ouvertures polaires. Cela explique leur forme d'anneaux au-dessus des régions polaires.

À l'opposé du Soleil, la magnétosphère est considérablement étirée par le vent solaire, comme un drapeau claquant au vent. Elle s'étend jusqu'à 7 millions de kilomètres, voire plus. Dans cette zone, une boussole indiquerait la direction de la Terre, ou son opposé.

Si l'on quitte la magnétosphère terrestre, puis l'« héliopause », zone d'influence du Soleil, vers 150 unités astronomiques (distances Terre-Soleil) de la Terre, notre boussole commencera à ressentir le champ galactique et devrait se diriger vers la constellation Pyxis, mieux connue sous le nom de… la Boussole.

Steve Milan

Première à gauche après Mars

Si je veux, à pied ou en avion, aller d'un point A à un point B, je suivrai une direction indiquée par une boussole. Mais comment font les astronautes et les sondes spatiales pour se diriger ?

Howard Arber

Le problème de la navigation est de savoir où l'on se trouve par rapport à sa destination. Dans l'espace, connaître son «attitude» est aussi crucial que de connaître sa position : la première chose à faire est de repérer le Soleil et une autre étoile lointaine, mais proche de lui dans le ciel.

Sirius est un bon exemple, mais elle se trouve assez près de l'équateur céleste, de sorte qu'elle est parfois masquée par le Soleil. Canopus est préférable : presque aussi brillante, et bien au sud de l'équateur céleste, elle est assez éloignée du Soleil. D'après les positions de ces étoiles, et du Soleil, on peut calculer son attitude, et repérer les autres corps au radar ou par observation visuelle. Des gyroscopes détecteront le moindre changement d'attitude et des mesures Doppler vous donneront votre vitesse.

Dans le système solaire, connaître sa trajectoire par rapport aux planètes vous donne le luxe de naviguer à vue pendant des millions de kilomètres. Ce n'est que lorsque vous accélérerez, vous rapprocherez d'un astre ou ferez une manœuvre qu'il faudra vérifier votre position et faire d'éventuelles corrections.

Jon Richfield

Les missions *Apollo* utilisaient des radars au sol pour déterminer leur position et, via des mesures Doppler, leur vitesse radiale. Les changements de direction étaient calculés au sol et transmis à l'équipage. Les nombres étaient alors entrés dans l'ordinateur de bord, qui gérait les moteurs fusées chargés de l'orientation. En cas de pépin, l'équipage était entraîné à faire des mesures au sextant et à calculer, à la main, sa position par rapport aux étoiles.

Cela ne fut jamais nécessaire, sauf quand, à bord d'*Apollo 13*, l'ordinateur défaillant obligea les astronautes à atterrir en manuel.

Alex Swanson

Plus de Lune

Que se passerait-il si des extraterrestres venaient nous voler la Lune ?

Steven Nairn

La disparition de la Lune déclencherait une série d'événements catastrophiques qui éradiqueraient toute vie sur Terre.

Le premier effet, immédiat, serait la disparition des marées. Le Soleil et la Lune déterminent les marées, mais la Lune est dominante. Si elle n'était pas là, les marées seraient considérablement réduites.

Le deuxième effet serait l'affolement de l'axe de rotation terrestre. Aujourd'hui pratiquement perpendiculaire au plan de l'écliptique, il tendrait à lui devenir parallèle. Cela provoquerait des changements climatiques dramatiques. On subirait six mois d'été permanent et caniculaire, suivis de six mois d'hiver glacé.

Toutes les créatures vivantes finiraient par succomber, mais celle qui en souffrirait le plus est le nautile. Ce mollusque vit dans une admirable coquille en spirale qui s'agrandit chaque jour d'une nouvelle couche de matériau. Quand la Lune achève sa révolution autour de la Terre, le nautile scelle le compartiment qu'il occupait et passe dans le suivant, qu'il commence à construire. Enlevez la

Lune, et le nautile restera pour toujours enfermé dans son dernier compartiment !

Andrew Turpin

La Terre et la Lune exercent l'une sur l'autre des effets gravitationnels. Elles tournent ensemble autour du Soleil, et autour d'un point situé sur la droite qui relie leurs centres. Si la Lune était soudain enlevée par des extraterrestres, son attraction disparaîtrait et la Terre dériverait hors de son orbite. Sa nouvelle orbite serait probablement beaucoup plus elliptique : les températures extrêmes et les modifications climatiques qui en résulteraient rendraient vite la planète inhabitable.

Rendons hommage à la Lune : sans elle, nous ne serions pas devenus ce que nous sommes.

Hovick Boughosyan

La disparition des marées aurait un effet dramatique sur les écosystèmes côtiers. Les mangroves, par exemple, ont les marées comme principale source de nutriments. Cela modifierait aussi la circulation des courants marins, ce qui aurait des conséquences climatiques déplorables.

En outre, il n'y aurait plus de lumière la nuit. Tous les animaux nocturnes en seraient affectés, ainsi que tous les comportements synchronisés sur le cycle lunaire. Les hiboux auraient du mal à chasser et les insectes trouveraient plus difficilement leur partenaire, ce qu'ils font souvent en passant devant la Lune afin que leur silhouette soit bien visible.

Simon Iveson

Rassurons les lecteurs paniqués qui nous ont contactés : nous n'avons connaissance d'aucun complot extraterrestre visant à voler la Lune. C'est à vrai dire une drôle d'idée, même pour une civilisation ayant un sens de l'humour très en avance sur le nôtre.

La bière de l'espace

Il semble que la NASA ait l'intention de fabriquer de la bière dans l'espace. La levure ne pourra ni couler ni remonter, comme sur Terre, et le dioxyde de carbone ne remontera pas en surface. Alors, comment la bière fermentera-t-elle, et le produit final sera-t-il buvable ?

Roger Cryne

Il est vrai que la NASA envisage de faire de la bière en microgravité. Les scientifiques qui étudient la physique des mélanges liquide-gaz aimeraient bien savoir, par exemple, comment se produit la fermentation et ce qui se passe quand un gaz ne peut s'évacuer d'un liquide.

Deux expériences récentes dans la navette spatiale ont apporté des éléments de réponse. La première s'est intéressée au comportement de la levure en gravité zéro – non seulement pour voir si l'on peut faire de la bière dans l'espace, mais aussi pour donner des informations aux compagnies pharmaceutiques qui s'intéressent au comportement des microbes en orbite.

La bière de l'espace s'est révélée très semblable à celle produite sur Terre : densité de la bière et efficacité de la levure sont comparables, mais le nombre total de cellules de levure et la proportion de cellules vivantes étaient inférieurs. Cela laisse envisager des améliorations de la fermentation sur Terre.

La seconde expérience, montée sur la navette par la compagnie Coca-Cola, consistait à tester un équipement de distribution de Coca en microgravité – sans que la boisson perde son contenu en gaz. Comme les bulles ne « montent » pas en gravité zéro, les variations de température, de pression ou même une simple agitation tendent à former une mousse peu ragoûtante.

Un dispositif contrôlé par ordinateur ajustait la température du mélange et réduisait l'agitation en plaçant le liquide dans un sac souple, lui-même à l'intérieur d'une bouteille pressurisée. La pression dans la bouteille était réduite au fur et à mesure que le sac se vidait, pour maintenir constante la pression du gaz.

Daniel Smith

Il est permis de s'interroger sur l'utilisation des installations scientifiques à des fins publicitaires. La NASA et Coca-Cola se préoccupent, comme on le voit, des problèmes de la planète.

Antiquestion

Si l'antimatière avait prévalu sur la matière après le Big Bang, y aurait-il quelque chose de différent dans notre univers ?

Sam Hopkins

Les théories cosmologiques affirment qu'après la création de matière et d'antimatière, en quantités exactement égales, une annihilation générale s'est produite, qui n'a laissé subsister qu'un peu de matière : celle qui nous constitue, nous et notre univers.

Vivre dans un univers où prédominerait l'antimatière reviendrait à vivre dans un miroir. En fait, rien ne changerait. Toutes les charges électriques positives seraient négatives, et vice versa ; pour les physiciens, l'idée de positons (antiélectrons) tournant autour de noyaux atomiques chargés négativement serait aussi naturelle que des électrons tournant autour de noyaux positifs.

Mike Follows

Jusqu'au début des années 1960, la réponse aurait été : « Pour autant qu'on le sache, il n'y a aucune raison qu'il y ait une différence. » Depuis, de subtiles différences entre matière et antimatière sont apparues et la réponse est devenue : « Probablement, mais il est trop tôt pour dire comment et pourquoi. » On ne sait même pas encore pourquoi la matière a prévalu dans notre univers. C'est vraisemblablement à cause d'une asymétrie aléatoire, mais il n'est pas impossible que l'antimatière soit instable dans les conditions qui régnaient alors.

Alors, existe-t-il (ou a-t-il existé ?) un univers d'antimatière où est apparue la vie ? Cela non plus, on ne le sait pas. Le fait que l'évolution soit extrêmement lente dans notre univers de matière n'implique pas qu'il en soit de même dans un univers d'antimatière. Certains prétendent même que les réactions ultrarapides qui ont lieu dans la soupe de quarks des étoiles à neutrons seraient capables d'engendrer en un clin d'œil (et de détruire aussitôt) des structures complexes – et pourquoi pas des civilisations ? Peut-être que, à l'époque où elle a disparu, l'antimatière a produit des mondes aussi complexes que le nôtre. À moins, puisque l'antimatière peut être vue comme de la matière remontant le temps, que cela ne se soit pas encore passé…

Jon Richfield

Votre correspondant est-il bien certain que l'antimatière n'a pas prévalu ?

Vilnis Vesma

5. La planète

❓ Vide-ordures planétaire

Pourquoi ne se débarrasse-t-on pas des déchets nucléaires en les coulant dans du béton puis en les plaçant dans une zone de subduction ?

Alec Pappas

L'idée d'insérer les déchets nucléaires dans les zones de subduction a été suggérée dès les débuts de l'ère nucléaire. Certains avaient aussi (sérieusement) proposé de les placer en Antarctique, au sommet de la calotte glaciaire. La chaleur des déchets ferait fondre la glace, et l'enfouissement serait automatique puisque la glace se refermerait derrière eux à mesure qu'ils descendraient.

L'idée des zones de subduction est tout à fait correcte, en théorie, mais elle se heurte à quelques problèmes pratiques. Les zones de subduction, où une plaque océanique passe sous une plaque continentale pour se fondre dans le manteau terrestre, sont très instables et imprévisibles. Surtout, les sédiments déposés sur la plaque océanique ne sont pas enfouis : ils sont rabotés par la plaque continentale et s'amassent en formant un prisme d'accrétion. Les déchets déposés sur le fond auraient donc une fâcheuse tendance à y rester. Quant à forer le basalte des plaques océaniques aux grandes profondeurs où se trouvent les zones de subduction, c'est une prouesse technique irréalisable.

Une autre solution océanique, plus élégante, consiste à insérer les déchets dans les couches d'argile qui recouvrent la plupart des plaines abyssales, peu profondes et géologiquement très stables. Cela pourrait se faire en creusant des forages dans le sédiment, ou en utilisant des pénétrateurs en forme d'obus, capables de s'enfouir tout seuls, sous l'effet de leur vitesse de chute, à quelques dizaines de mètres dans l'argile molle. Ces solutions, pas non plus très simples à mettre en place, auraient le grand avantage de placer les conteneurs dans un environnement stable et imperméable, où d'éventuelles fuites radioactives seraient captées par l'argile, très absorbante.

Aucune de ces solutions, cependant, ne sera mise en œuvre prochainement : une convention internationale signée à Londres en 1983 interdit tout rejet radioactif dans l'océan. Un additif concernant les déchets de faible activité la complète même depuis 1993.

Sam Little

? Le fond à la surface

Comment les océanographes font-ils pour mesurer la profondeur moyenne des océans ? Comment font-ils pour donner des estimations du niveau des mers – sujet déterminant pour connaître l'élévation du niveau marin suite au réchauffement climatique – au centimètre près ? Même par un jour sans vent, la surface de l'océan doit bien osciller de bien plus que 1 centimètre, ne serait-ce qu'à cause des vagues, des marées et de la houle.

Roger Sharp

On réalise des cartes du fond marin à partir de mesures d'anomalies de gravité. Le fond océanique étant immobile, les mesures peuvent être moyennées sur de longues périodes, et la précision améliorée d'autant. On n'atteint cependant pas le centimètre, mais ce n'est pas très grave dans la mesure où il n'est pas nécessaire de connaître la profondeur moyenne des océans pour estimer l'élévation du niveau des mers.

Le niveau océanique est mesuré par des jauges (ou marégraphes) placées sur les côtes, et de façon globale par des satellites dotés d'altimètres. La jauge peut être un flotteur ancienne manière, un capteur acoustique ou un radar. Les variations rapides des vagues peuvent être lissées en plaçant le flotteur dans un tube vertical dont l'ouverture inférieure est de l'ordre du dixième du diamètre du tube : cela suffit à amortir les petites vagues répétées, en ne mesurant que les mouvements plus lents, comme les marées.

Les satellites donnent une image plus complexe, car il faut tenir compte de la pression atmosphérique, de la concentration en vapeur d'eau et de l'effet des vagues et des marées. Et ce sont les bonnes vieilles jauges qui permettent de calibrer les altimètres satellites.

Une précision de l'ordre du millimètre peut être atteinte en calculant des moyennes. Les satellites balayent typiquement des zones de 7 kilomètres de diamètre, et les mesures, des satellites comme des jauges, sont moyennées sur de longues périodes. On parvient ainsi à éliminer les marées, les vagues, les orages et même certains cycles saisonniers.

Les mesures montrent que le niveau des mers s'est élevé d'environ 2 millimètres par an au cours du dernier siècle. Dans les dix dernières années, on a observé une montée de 3 millimètres par an, mais on ne sait pas encore si cette brutale accélération est due à une fluctuation temporaire ou à un processus à long terme.

Simon Holgate, Laboratoire océanographique Bidston, Merseyside

Le niveau de la mer se mesure avec des marégraphes. Ces instruments ne mesurent que la hauteur relative de la mer et de la terre, mais il n'y a pas que la mer dont le niveau change. Les terres émergées bougent aussi, sous l'effet de la tectonique des plaques et d'autres phénomènes. Dans les grands ports, les marégraphes sont affectés par l'urbanisation : le poids des villes importantes crée un phénomène de subsidence locale, qui peut se traduire par une hausse du niveau de la mer. À Adélaïde, en Australie, la construction massive de bâtiments a provoqué un assèchement des nappes phréatiques et un enfoncement par rapport au niveau de la mer. Tout cela fait que l'altimétrie par satellite est la technique la plus précise pour mesurer l'élévation du niveau.

Avec toutes ces difficultés, les résultats obtenus peuvent paraître miraculeux ; sous l'effet du réchauffement climatique, le niveau marin s'élève de 1,7 à 2,4 millimètres par an. Le principal phénomène en cause est l'expansion thermique des océans ; la fonte des glaces y contribue très faiblement.

Mike Follows

Le niveau des mers se mesure avec des altimètres radar embarqués sur des satellites. Si l'altitude du satellite est connue, la hauteur de la surface océanique peut être déterminée à quelques centimètres près.

En faisant la moyenne des résultats obtenus lors de plusieurs passages sur le même point, on peut cartographier les variations à court terme induites par les différences de température saisonnières, les apports d'eau des fleuves et l'évaporation. Sur une période de temps plus longue, les moyennes commencent à déceler des variations de niveau dues à des phénomènes comme les oscillations australe et nord-atlantique. Une moyenne réalisée sur toutes les orbites et tous les océans montre que le niveau global s'élève de 2,3 millimètres par an.

Une des caractéristiques les plus intéressantes des cartes obtenues est que la surface des océans reflète fidèlement la topographie du fond. La masse d'un mont sous-marin, par exemple, augmente la gravité et « soulève » la surface de la mer à sa verticale. Une dépression du fond, en revanche, crée un creux en surface.

Les altimètres satellites ont ainsi, en quelques années, cartographié des portions du fond marin qui auraient demandé des dizaines d'années de travail aux techniques classiques. Les informations recueillies sont parfois surprenantes : les cartes altimétriques par satellite ont permis d'identifier un cratère de 20 kilomètres de diamètre au sud de la Nouvelle-Zélande. Avec un classique sonar, une telle détection aurait été très chère, et très délicate.

Ted Bryant, université de Wollongong, Australie

❓ Grand bleu

J'ai toujours pensé que la mer était bleue parce qu'elle reflétait la couleur du ciel. En vacances à Malte, j'ai vu un bleu azur très profond dans des grottes où il n'y avait aucune réflexion du ciel. D'où vient cette couleur ?

Peter Scott

L'eau de mer nous apparaît bleue car elle absorbe toutes les longueurs d'onde de la lumière, sauf les plus courtes, qui correspondent à la couleur bleue et qui sont diffusées dans toutes les directions. L'atténuation de la lumière est due à la combinaison de l'absorption et de la diffusion par tout ce qui se trouve dans l'eau, en plus de l'eau elle-même.

Les variations de la couleur de l'eau sont d'abord dues à la nature et à la concentration du plancton. Sous les tropiques, et contrairement à l'idée reçue qui veut que les eaux soient très productives, les océans sont clairs car ils contiennent peu de plancton et de sédiments en suspension. En fait, ils sont pratiquement stériles, comparés aux régions océaniques tempérées, plus froides et riches en plancton. Là, des particules inorganiques et des matières dissoutes réfléchissent et absorbent la lumière, ce qui rend l'eau moins claire.

Johan Uys

Cet effet est dû à l'absorption sélective de la lumière par les molécules d'eau, spécialement par leur atome d'oxygène, qui absorbe l'extrémité rouge du spectre de la lumière visible. C'est aussi pour cela que les glaces polaires et les grands icebergs paraissent bleus.

Albert Day

La réflexion de la lumière contribue à la couleur de la mer, mais elle n'est pas déterminante. Même l'eau pure est légèrement bleu-vert, car elle filtre les couleurs rouge et orange de la lumière. Cependant, les impuretés de l'eau, surtout les substances inorganiques, affectent bien davantage son apparence.

Dans les grottes comme celles que vous mentionnez, la lumière doit traverser une épaisseur d'eau plus grande qu'à l'habitude. La forte absorption des longueurs d'onde autres que le bleu et le vert intensifie l'effet. En fait, ce genre de lumière contient si peu de rouge que les sous-mariniers qui sont restés plusieurs jours en profondeur ont l'impression, revenus en surface, que tout est étrangement rouge.

Jon Richfield

Le Lac bleu, près du mont Gambier en Australie du Sud, est toujours bleu, qu'il y ait ou non du soleil. Il repose sur un sol calcaire, et est saturé en carbonate de calcium. Sa couleur est due à ce que ses très fines particules en suspension diffusent la lumière bleue.

L'eau de mer est généralement sursaturée en carbonate de calcium, mais la présence de magnésium limite la précipitation de ce sel. Ce phénomène peut cependant se produire quand l'eau de mer entre en contact avec un carbonate de calcium, la calcite, présent dans une roche ou un sédiment. C'est peut-être ce qui se produit dans les grottes de Malte.

Robert Gerriste

? Y a plus de saisons

J'ai toujours cru que les équinoxes tombaient le 21 mars et le 21 septembre, et divisaient l'année en quatre parties égales avec les deux solstices. Or, je lis souvent que le jour des équinoxes n'est pas un 21. Il doit pourtant bien y avoir une division égale des saisons, à cause de la rotation de la Terre autour du Soleil, non ?

Richard Kingsly

Les équinoxes de printemps et d'automne sont définis comme les moments où le Soleil est au zénith à midi heure locale à l'équateur (en termes astronomiques, c'est le moment auquel le Soleil coupe l'équateur céleste). À l'équinoxe, le jour et la nuit ont exactement la même durée partout dans le monde. La date exacte des équinoxes varie légèrement ; dans l'hémisphère Nord, l'équinoxe de printemps tombe généralement le 20 ou le 21 mars et l'équinoxe d'automne le 22 ou 23 septembre (les dates sont inversées dans l'hémisphère Sud). Cette variation est simplement due à ce qu'il y a des années bissextiles, qui impliquent un décalage d'un jour et quelques dans le calendrier.

Les équinoxes se produisent en des positions diamétralement opposées de la Terre sur son orbite autour du Soleil, mais il est intéressant de savoir que leurs dates ne divisent pas l'année en deux moitiés égales. Si l'on calcule les dates moyennes des équinoxes et la longueur moyenne de l'année, on s'aperçoit que l'équinoxe d'automne tombe 186 jours après l'équinoxe de printemps, alors que ce dernier se produit 179,25 jours après l'équinoxe d'automne. Cela est dû au fait que l'orbite de la Terre est elliptique et que la Terre est plus proche du Soleil en janvier. Les lois de Kepler assurent qu'un rayon vecteur reliant la planète au Soleil balaye des aires égales en des temps égaux. Comme ce rayon est plus court en janvier, c'est à cette époque que la vitesse de la Terre est la plus grande. Elle met donc moins de temps pour faire le demi-tour allant de l'équinoxe d'automne à l'équinoxe de printemps, que pour parcourir l'autre demi-tour. Il en résulte que l'été et le printemps, dont les jours font plus de 12 heures, durent près de 7 jours de plus dans l'hémisphère Nord que dans l'hémisphère Sud.

Robert Harvey

L'affirmation selon laquelle les saisons doivent avoir des durées égales n'est pas correcte. Ptolémée, vers l'an 140, essaya d'expliquer les longueurs inégales des saisons. Le printemps dure 92 jours et 19 heures, l'été 93 jours et 15 heures, l'automne 89 jours et 20 heures, et l'hiver 89 jours, pile. Ptolémée en déduisit que l'orbite du Soleil autour de la Terre, censée être circulaire pour des raisons évidentes à l'époque, n'était pas centrée sur la Terre, ou qu'elle se compliquait d'un petit cercle supplémentaire, un épicycle.

L'explication acceptée aujourd'hui, et trouvée par Johannes Kepler en 1609, est que l'orbite de la Terre autour du Soleil est elliptique ; la Terre accélère en se rapprochant du Soleil, et ralentit lorsqu'elle s'en éloigne. Comme elle est au plus proche du Soleil (au «périhélie») début janvier, elle accélère en automne et en hiver, qui sont donc les saisons les plus courtes.

Jay Pasachoff

✷ Surfer un volcan

Si je devais surfer sur la lave d'un volcan, pour me sauver, avec quoi est-ce que je devrais me faire une planche pour qu'elle ne fonde pas ?

Ben Williams (6 ans)

Prends une vieille planche de surf, fais des trous dedans et relie-les à un réservoir d'eau placé sur la planche. L'eau s'échappant sous la planche créera le même effet que celui qu'on provoque en crachant sur une plaque métallique très chaude : l'eau flotte au-dessus de la plaque pendant assez longtemps, car elle est séparée de la plaque par une fine couche de vapeur d'eau, qui est un mauvais conducteur de la chaleur.

Cela devrait te permettre de surfer la vague de lave, car la planche serait isolée par la vapeur d'eau. Comme le frottement entre la planche et la lave sera extrêmement réduit, accroche-toi : tu risques d'ex-périmenter aussi un «effet savonnette» !

Radko Istenic

Pour surfer sur de la lave, il faut une planche, non seulement qui ne fonde pas, mais aussi qui soit moins dense que la lave, et qui isole vos pieds de la chaleur.

Si vous êtes coincé au sommet d'un volcan, vous serez bien obligé d'utiliser les matériaux qui s'y trouvent. Heureusement, les volcans ne produisent pas que de la lave ; ils donnent aussi des matériaux qui ont pratiquement la même composition chimique, mais qui sont moins denses et plus isolants car ils contiennent des bulles de gaz.

Une plaque de ce matériau, de 2 mètres de longueur, 1 mètre de largeur et 50 centimètres d'épaisseur, flotterait sur la lave fluide et, tout aussi important, ne fondrait que très lentement. Je pense qu'elle tiendrait 1 ou 2 kilomètres avant que vous ne soyez obligé de l'abandonner. D'ici là, on peut espérer que vous aurez trouvé un endroit sec et frais…

Cependant, si vous savez à l'avance que vous aurez à naviguer sur de la lave fondue, je vous conseille de construire un bateau en matériau réfractaire, qui ne fondra pas et vous maintiendra à flot aussi longtemps que vous le souhaiterez. Les bordés du bateau, qui vous protégeront de la chaleur, rendront le voyage plus confortable que sur une planche de surf.

La température de la lave fondue est de l'ordre de 1 400 °C, mais elle peut monter jusqu'à 1 650 °C selon sa composition chimique. Le matériau idéal pour votre bateau serait un béton à l'alumine pure. Cet oxyde d'aluminium ne fond qu'à 2 000 °C, ne réagit pratiquement pas avec la lave fondue et contient des microbulles qui le rendent moins dense que la lave, et assureront l'isolation thermique.

Pour construire votre bateau, faites un moule en creusant dans le sol un trou à la forme désirée, puis compactez soigneusement le fond et les parois du trou. Tapissez-le ensuite avec une feuille de plastique puis mélangez le ciment sec avec juste assez d'eau pour donner une pâte collante. Couvrez la feuille de plastique avec une couche de pâte de 10 centimètres, recouvrez d'une autre feuille de plastique, et remplissez la cavité d'eau afin d'exercer sur le béton une pression uniforme pendant qu'il sèche. Votre bateau sera prêt en moins d'une semaine.

Ross Firestone, États-Unis

Du point de vue de la température de fusion, votre correspondant n'aura pas trop de soucis. Les différents types de lave ont des points de fusion différents ; la rhyolite fond à 900 °C, la dacite à 1 100, l'andésite à 1 200 et le basalte atteint 1 250 °C. L'acier, qui fond à 1 400 °C, conviendrait, mais le tungstène (3 422 °C) irait encore mieux.

Pour protéger ses pieds et ne pas griller en route, il serait préférable d'utiliser, plutôt qu'un métal, un bon isolant thermique. L'oxyde de chrome ($Cr_2 O_3$) fond à 2 250 °C et l'alumine, ou oxyde d'aluminium ($Al_2 O_3$), à 2 050 °C.

Comme je suppose, cependant, que votre correspondant de 6 ans aura quelques difficultés à trouver ces matériaux, je lui suggère d'employer du chêne. Tous les bois, et spécialement le chêne, s'entourent en brûlant d'une couche protectrice carbonisée, qui ralentit la combustion. De fait, quand on calcule une charpente, on tient compte de cette épaisseur : les charpentes en bois sont toujours un peu surdimensionnées afin de leur assurer une cohésion suffisante en cas d'incendie. L'ajout à la planche de surf en chêne d'une fine plaque d'acier, pour la protéger de l'abrasion, est recommandé si l'on souhaite recommencer l'expérience après un premier essai réussi.

Malcolm Nickolls

Le problème n'est pas seulement de lutter contre la chaleur. Quand j'étais dans le Sahara, j'ai vu ces magnifiques dunes et me suis dit qu'il serait épatant de les surfer. Malheureusement, le sable et le plastique ou le bois glissent si mal l'un contre l'autre qu'il est tout juste possible de glisser assis sur sa planche.

Il existe des tables pour calculer les coefficients de frottement ; on y trouve par exemple ceux des skis fartés et de la neige. Mes tables sont un peu vieilles et ne disent rien sur la lave. L'idéal serait de trouver un étudiant en volcanologie, qui se lancerait dans une série de mesures de frottements avec différents matériaux sur de la lave en fusion.

Mais ce n'est peut-être pas un très bon conseil à donner à un jeune volcanologue. Sa carrière pourrait s'avérer plus courte que prévu.

Peter Brooks

La plage la plus longue

Si les océans se vidaient, il n'y aurait plus de ligne de côte du tout. Si le niveau des océans se mettait à monter, la longueur de la ligne de côte s'annulerait quand l'extrémité de l'Everest serait engloutie. Il doit nécessairement exister, entre ces deux extrêmes, un niveau qui donne une longueur de côtes maximale. Quelqu'un a-t-il une idée là-dessus, et le niveau actuel est-il à peu près à cette valeur ?

Ben Cadoret

Le calcul est loin d'être simple, comme le montrent les lettres ci-dessous. Si l'on admet que les conti-

nents ont des formes coniques, alors la longueur des côtes augmente quand le niveau baisse. Avec la topographie réelle, la réponse est beaucoup moins évidente. Enfin, si on mesure la longueur de la côte à très petite échelle, la plage devient infinie ! Les amateurs des «fractales» mentionnées ci-dessous se plongeront avec délices dans Les Objets fractals *de Benoît Mandelbrot, ainsi que dans* Les Atomes *(1913) du physicien et prix Nobel Jean Perrin, qui posa le premier la fascinante question de la longueur de la côte de Bretagne.*

Plus de la moitié de la surface terrestre (71 % exactement) est recouverte par des océans ou des mers, de sorte que les masses continentales, si grandes soient-elles, peuvent être considérées comme des îles. En première approximation, une île ressemble à un cône en partie submergé. Cela implique qu'une élévation du niveau des mers se traduira par un raccourcissement de la ligne de côte, et un abaissement par un allongement.

Ainsi, la longueur de toutes les lignes de côte (environ 860 000 kilomètres) de la planète augmentera si le niveau baisse. Elle atteindra un maximum quand les océans représenteront moins de la moitié de la surface terrestre, et pourront être considérés comme des lacs. Un lac est une «île inversée» : la longueur de sa côte diminue quand le niveau de l'eau baisse.

Sachant que l'on est loin de ce rapport de 50 %, et que la profondeur moyenne des océans est plus grande que l'altitude moyenne des masses continentales, le niveau qui donnera la plus longue ligne de côte est bien plus bas que le niveau actuel. De quelques kilomètres, sans doute.

Pour trouver précisément de combien, il faudrait un modèle informatique prenant en compte la topographie complète de la planète – fonds océaniques et terres immergées. Le calcul serait alors très simple.

Philip Graves, Londres

Il existe une tendance naturelle à la diminution des côtes « stables », celles où le niveau de la mer reste constant. Cela est dû à l'érosion des caps et des côtes exposées des îles. Les sédiments qui en résultent, avec ceux apportés par les fleuves, tendent à combler les baies et les estuaires, et à relier les îles aux continents avec des bancs de sable ou de gravier. Ce processus est plus lent si la côte est rocheuse, plus rapide si la côte est sablonneuse ou argileuse.

La ligne de côte des Landes, quasiment rectiligne, ainsi que le comblement intempestif des estuaires de l'Adour et du bassin d'Arcachon en sont de bons exemples. Les côtes de Bretagne, plus dures, sont moins sensibles à l'érosion.

L'élévation des mers (ou l'enfoncement des terres) crée de longues lignes de côte coupées de vallées ennoyées (des rias). Le sud de l'Angleterre et la Bretagne le montrent bien, comme, en Méditerranée, les îles grecques et la côte dalmate. L'abaissement des mers (ou l'élévation des terres) crée aussi des côtes longues et irrégulières, car des roches jusque-là immergées apparaissent, ainsi que des bancs de sable. C'est ce que l'on observe dans le nord de la Baltique.

Les variations du niveau de la mer (dites « eustatiques ») sont généralement dues aux changements climatiques : si la température augmente, l'eau de fonte des calottes glaciaires s'ajoute à l'eau de mer, et l'ensemble subit une expansion thermique. Les variations (dites isostatiques) du niveau des terres émergées sont souvent dues aux mouvements des plaques crustales. Les deux effets se combinent parfois. Des phénomènes climatiques peuvent engendrer des mouvements de la croûte, quand par exemple un glacier fond et que la plaque se réajuste suite à l'allègement qu'elle subit. Les éruptions volcaniques peuvent faire varier le niveau des terres émergées, et aussi induire des changements climatiques en émettant du CO_2 ou des cendres. Le premier réchauffe la planète ; les secondes la refroidissent.

Avec la quantité d'eau actuellement présente sur la Terre, la longueur de côte maximale a probablement été atteinte il y a quelques milliers d'années, à la fin de la dernière glaciation. Dans les régions libres de glace, les fleuves ont dû couper de profondes vallées pour rejoindre la mer, ce qui a donné autant de profondes rias quand les eaux sont remontées. Depuis, nombre de ces rias se sont à nouveau comblées.

Si l'on faisait baisser de 1 000 mètres le niveau de la mer, on n'observerait pas une telle formation de rias. En effet, de grandes parties des continents, éloignées de la mer, deviendraient des déserts, et les rivières n'atteindraient plus la mer. Les côtes seraient bien plus courtes qu'aujourd'hui.

Au contraire, si l'on élevait de 1 000 mètres le niveau de la mer, les terres émergées seraient si réduites que, même avec beaucoup de rias, la côte serait plus courte qu'aujourd'hui. Les fleuves, en effet, tomberaient en cascade dans la mer, sans guère creuser de vallées.

Hillary Shaw, géographe, université de Leeds

Une réponse possible à cette question est que la côte a la même longueur, quelle que soit l'élévation du niveau de la mer.

Supposons en effet que nous mesurons la ligne de côte (un jour où il n'y a pas de vagues) avec un bâton assez long. Plaçant les deux extrémités à la limite de l'eau, nous trouverons que la ligne de côte recoupe plusieurs fois le bâton. Notre mesure donnera donc une valeur trop faible. Utilisons un bâton deux fois plus court que le précédent. Il donnera une mesure meilleure que la précédente, mais toujours sous-estimée. Ce comportement « fractal » des lignes de côte fait qu'il est très difficile d'estimer leur longueur. En fait, plus l'on diminue la taille de l'instrument de mesure, plus la mesure augmente. Ce n'est qu'en arrivant à la dimension d'un grain de sable qu'elle se stabilisera… à une valeur qu'il est raisonnable de considérer comme pratiquement infinie !

Peter Webber

On se pôle de froid

Pourquoi fait-il plus froid au pôle Sud qu'au pôle Nord ?

T.P. Ladd

Une bonne partie de la différence de température entre les pôles s'explique par une différence d'altitude. Le pôle Nord (avec une température moyenne en hiver de - 30°C) se trouve sur la banquise, soit au niveau de l'océan Arctique, tandis que le pôle Sud (- 60 °C) est à 2 800 mètres d'altitude sur la calotte glaciaire du continent Antarctique.

La baisse de température avec l'altitude (en Antarctique, environ 6 °C par kilomètre) rend ainsi compte de la moitié de la différence. Le fait que l'atmosphère soit plus mince (et donc plus froide, plus sèche et moins nuageuse) au-dessus du pôle Sud intervient aussi, car elle réfléchit moins de chaleur vers le sol qu'au pôle Nord. Le reste de la différence s'explique par les régimes de circulation atmosphérique des deux hémisphères.

Les continents de l'hémisphère Nord engendrent des «ondes planétaires» quasi stationnaires dans l'atmosphère. Ces ondes transportent la chaleur vers le pôle en dirigeant les dépressions (bulles d'air chaud) des latitudes tempérées vers le Nord. Dans l'hémisphère Sud, les continents sont plus petits et moins élevés, de sorte que les ondes planétaires australes, responsables des transferts de chaleur, sont plus modestes.

Les hautes montagnes de l'Antarctique constituent enfin une barrière pour les dépressions des latitudes moyennes, qui ne pénètrent que très rarement à l'intérieur du continent. Pour couronner le tout, l'air du pôle Nord est réchauffé par l'océan Arctique qu'il surplombe. Bien qu'une épaisseur de banquise de 2 à 3 mètres atténue fortement le transfert de chaleur, les nombreuses zones d'eau libre sont des lieux d'échange thermique actif.

John King, British Antarctic Survey

⁉ Lisse comme une planète

J'ai entendu dire que, si on ramenait la taille de la Terre à celle d'une balle de squash, la planète serait complètement lisse. Est-ce vrai ? Et si l'on faisait l'inverse, en agrandissant une balle de squash à la taille de la Terre, quelle hauteur auraient les montagnes ?

Anonyme

Pour répondre à cette drôle de question, il faut d'abord déterminer de quel facteur il faudrait réduire la taille de la Terre pour arriver à celle d'une balle de squash. Le diamètre de la Terre est de 12 756 kilomètres à l'équateur, et celui d'une balle de compétition de 4,4 centimètres. Cela implique qu'il faudrait réduire la Terre d'un facteur 290 millions.

Pour comparer la rugosité des deux surfaces, il faut connaître la différence entre les points les plus hauts et les plus bas.

Pour une balle de squash, c'est assez simple puisqu'il n'y a pas de zones où la surface est plus haute que la moyenne, mais cette surface comporte des petites dépressions de l'ordre d'un dixième de millimètre de profondeur.

Pour la Terre, le point le plus bas de la surface se trouve dans la fosse des Mariannes, à 11 034 mètres sous le niveau de la mer. Le point le plus haut est bien sûr l'Everest, à 8 848 mètres au-dessus du niveau des mers. L'amplitude des reliefs est donc de 19 882 mètres.

Si l'on réduisait la Terre à la taille d'une balle de

squash, c'est-à-dire du facteur 290 millions calculé ci-dessus, l'amplitude deviendrait 0,0686 millimètre. Cela représente à peu près les deux tiers de la profondeur des dépressions d'une balle de squash. Ce que vous avez entendu dire est donc vrai : une Terre réduite serait aussi lisse qu'une balle de squash.

Venons-en à la deuxième partie de la question. L'absence de zones élevées sur une balle de squash fait que, si on en multipliait la taille, il n'y aurait aucune montagne. En revanche, il y aurait beaucoup de grands cratères : les minuscules dépressions de la balle deviendraient des trous de 60 kilomètres de diamètre et de 29 kilomètres de profondeur !

Si ces dépressions étaient des fosses océaniques comme celles que l'on trouve sur notre planète, elles traverseraient les 6 kilomètres de la croûte océanique ainsi que la « discontinuité de Mohorovicic », nom de la limite à laquelle la croûte rencontre le manteau, pour atteindre le magma…

Tim Kelby

Si la masse de la Terre était concentrée dans une balle de squash, cela donnerait un objet si dense qu'il deviendrait une étoile à neutrons ou un trou noir.

Dans le premier cas, la gravité en surface serait environ un million de fois plus forte que la pesanteur terrestre – largement de quoi annuler toute différence d'altitude à la surface. Dans le cas du trou noir, il n'y aurait plus de surface du tout, juste un « horizon des événements » parfaitement plat.

Ce serait bien différent si l'on procédait à l'opération inverse. En considérant que la balle est essentiellement constituée d'atomes de carbone et qu'elle pèse 1 kilogramme (pour simplifier), cela donnerait, pour l'objet final, une densité d'environ 22 atomes par centimètre cube. Je pense que c'est encore moins dense que l'atmosphère hyper-raréfiée que l'on trouve à la limite avec l'espace interplanétaire.

Steven Forbes

Une question d'équilibre

Est-il vrai que l'Angleterre s'enfonce au sud et se soulève au nord. Et pourquoi ?

Dave Valentine

Oui, c'est vrai. C'est la conséquence d'un phénomène appelé « rebond isostatique ». Depuis la dernière glaciation, une grande quantité de glace a disparu de la partie nord de la Grande-Bretagne. La croûte terrestre n'étant pas rigide, mais très légèrement élastique, elle répond aux surcharges ou aux allègements en s'enfonçant ou en se soulevant.

Cet ajustement prend des milliers d'années. Si vous déchargez un cargo, il flottera plus haut sur l'eau. Il en va de même de la croûte terrestre ; si vous lui enlevez une épaisseur de roches de 300 mètres, elle s'élèvera d'environ 200 mètres. La glace étant trois fois moins dense que la roche, en enlever 300 mètres donnera une élévation de la croûte d'environ 60 mètres.

La Scandinavie et l'Écosse étaient sous plus de 300 mètres de glace pendant les âges glaciaires : le soulèvement le plus intense, dans le nord de la Baltique, atteint presque un mètre par siècle. Cela est parfaitement observable dans l'espace d'une vie humaine. La région de la baie d'Hudson, au Canada, connaît une élévation semblable, pour la même raison. En Grande- Bretagne, le processus est maximal au nord-est de l'Écosse, où l'on trouve des plages suspendues à plusieurs mètres au-dessus du niveau actuel de la mer.

Pourquoi, maintenant, le sud de l'Angleterre s'enfonce-t-il ? D'abord, le poids de la calotte glaciaire écossaise a fait que la croûte s'est soulevée autour : quand on appuie au milieu d'un matelas, les bords se relèvent. Ce processus est désormais en train de s'inverser : les régions du sud de l'Angleterre et de la Baltique s'enfoncent.

Ensuite, le niveau des mers est en train d'augmenter dans le monde entier. Cette augmentation a d'abord été très rapide, lors de la fonte des glaces écossaises ; elle est aujourd'hui plus lente, mais constante, à cause de la fonte des calottes glaciaires due au réchauffement climatique. Il y a donc davantage d'eau dans les océans, et cette eau occupe davantage de place, car elle est plus chaude. Cela s'appelle l'expansion thermique.

Le sud de l'Angleterre subit donc un double effet : la croûte s'enfonce et le niveau des mers monte. Si ce niveau ne montait pas, la ligne séparant la partie ascendante et la partie descendante du pays serait au niveau du pays de Galles et du Yorkshire. En réalité, elle est beaucoup plus au nord, près de la frontière de l'Écosse.

En ce qui concerne les risques d'immersion, la région de Londres subit un quintuple effet. Outre les deux effets précédents, la vallée de la Tamise est un synclinal, région caractérisée par une subsidence de la croûte – enfoncement augmenté il y a peu de temps encore par des prélèvements souterrains d'eau potable. Enfin, l'entonnoir que constitue l'entrée de la mer du Nord amplifie les marées de tempête à l'entrée de l'estuaire de la Tamise.

Tout cela mène à une conclusion inéluctable : la vallée de la Tamise était un des pires endroits où fonder une grande ville.

Hillary Shaw

Nous nous enfonçons, et la mer n'arrête pas de monter. L'expansion thermique des océans fait monter le niveau des mers de 3 millimètres par an.

Ici, dans l'Essex, la pointe sud-est de l'Angleterre, les effets combinés de l'enfoncement de la croûte et de l'élévation du niveau des mers se traduisent par une montée des eaux de 6 millimètres par an. C'est un problème majeur pour les spécialistes de la protection du littoral et les propriétaires de terrains côtiers.

Chris Gibson, Protection du littoral, Colchester

Jusqu'où va une vague ?

Après deux bonnes bouteilles sur le port de Ciutadella, sur l'île de Minorque, ma femme et moi nous sommes demandé si les vagues créées par les cailloux que nous jetions dans l'eau iraient jusqu'en Amérique. Elle pensait que non, car les vagues devraient passer le détroit de Gibraltar et traverser l'Atlantique, où elles se mélangeraient avec d'autres et subiraient les frottements du fond et des côtes. Il me semble que, à moins qu'elle ne rencontre une côte, une vague est virtuellement infinie. Qui a raison ?

Dave Johnston

C'est votre femme qui a raison. Les vagues qui se propagent dans un fluide ne sont pas infinies. Elles perdent de l'énergie car, au passage d'une vague, l'eau se soulève puis s'abaisse. Et tout mouvement se traduit par une dissipation d'énergie.

En outre, quand une onde se propage, son énergie se répartit sur une région de plus en plus grande, et tend donc à diminuer en un point donné de la vague, jusqu'à disparaître presque totalement. Si la profondeur est importante, le déplacement de l'eau n'est pas très grand et la dissipation d'énergie assez lente. C'est pourquoi les tsunamis peuvent rester destructeurs après avoir parcouru de grandes distances. Dans un lac, en revanche, ou même dans les eaux relativement peu profondes de la Méditerranée, l'énergie se dissipe bien plus vite.

Simon Iveson, université de Pembangunan,
Indonésie

Les vagues provoquées par vos cailloux sont des cercles concentriques de rayon croissant. En supposant (ce qui est peu réaliste) que la hauteur d'une vague soit proportionnelle à l'énergie qui la crée et la maintient, et qu'il n'y ait aucun frottement, la hauteur de la vague serait inversement proportionnelle à son rayon. En effet, l'énergie se répartit sur toute la circonférence de la vague.

La petite vague que vous venez de créer a 1 mètre de rayon ; quand elle atteindra le détroit de Gibraltar, à 1 000 kilomètres de là, son rayon aura été multiplié par un million, et sa hauteur sera un million de fois plus faible qu'au départ. Si la vague avait 10 centimètres de hauteur, elle ne fera plus que 100 nanomètres (un cent millionième de millimètre) en entrant dans l'océan Atlantique.

En principe, une vague doit pouvoir en traverser une autre sans être perturbée. Mais la vague en question ici, lorsqu'elle atteindra une plage américaine à 6 500 kilomètres de là, aura une hauteur de 10 nanomètres, soit 100 atomes empilés les uns sur les autres. Encore cette hauteur est-elle surévaluée, car il faut tenir compte de l'effet du vent et de la viscosité de l'eau. Pire encore : le détroit de Gibraltar n'est pas en vue de l'île de Minorque. La vague devrait être réfléchie par la côte de l'Afrique du Nord ou par un bateau de passage, ce qui augmenterait encore la perte d'énergie.

La source d'énergie qui entretient les vagues est généralement le vent. Votre vague, elle, devrait se débrouiller avec la toute petite énergie avec laquelle vous avez jeté le caillou. En outre, la vitesse à laquelle une vague perd son énergie varie comme l'inverse de sa longueur d'onde, qui est la distance entre une crête et la suivante. Avec sa petite longueur d'onde, votre vaguelette va très vite perdre son énergie de départ. Un tsunami, en revanche, comme celui qui a dévasté les côtes de l'océan Indien en décembre 2004, transporte une énergie considérable, provenant de séismes sous-marins. Sa longueur d'onde est typiquement de l'ordre de 500 kilomètres, de sorte qu'il perd très peu d'énergie en se propageant. En eau profonde, les tsunamis peuvent aller plus vite qu'un avion de ligne, mais leur faible hauteur – environ 1 mètre – fait qu'ils sont pratiquement indétectables. Dès que le fond remonte à l'approche d'une côte, cependant, ils atteignent des hauteurs de plusieurs dizaines de mètres et balayent tout jusqu'à loin dans l'intérieur des terres. À l'échelle, il se passe la même chose quand on lâche une très grosse pierre dans un tout petit étang.

Mike Follows

Avez-vous déjà observé comme les vaguelettes créées par une pierre jetée dans un étang disparaissent vite ? C'est la viscosité de l'eau qui dissipe les vagues. À moins que vous ne lanciez un caillou vraiment gigantesque, vos vagues auront disparu depuis longtemps avant d'atteindre Gibraltar.

Morton Nadler

Même si un front de vague circulaire ne rencontre aucune côte, la hauteur de la crête diminue comme l'inverse de la racine carrée de sa distance à l'origine.

Au début, la vague créée par une pierre jetée dans l'eau est bien circulaire, mais certaines parties du cercle seront ensuite réfléchies quand elle rencontrera une berge ou un obstacle.

Si la berge est très basse, sablonneuse ou marécageuse, presque toute l'énergie sera absorbée : il n'y aura aucune réflexion. On n'observera une réflexion parfaite (presque sans perte d'énergie) dans une direction bien déterminée que lorsque la vague rencontrera une falaise verticale et uniforme plongeant verticalement dans l'eau. Mais si la falaise est rugueuse ou comporte des irrégularités de tailles voisines de celle de la vague, alors elle sera dispersée et renvoyée dans différentes directions.

En regardant une carte de la Méditerranée, on voit qu'aucune partie d'une vague originaire de Minorque n'a la moindre chance d'atteindre Gibraltar sans être plusieurs fois réfléchie ou dispersée par des côtes.

Le vent est un autre facteur gênant. La plupart des vagues sont engendrées par le vent. Si une vague créée par la chute d'un caillou se propage dans la direction du vent, elle peut être amplifiée. Mais un vent trop fort peut aussi bien la déformer complètement et lui faire perdre son identité.

Il est donc probable qu'aucune partie de la vague initiale n'atteindra Gibraltar, et encore moins l'Amérique. Mais j'apprécie l'esprit de la question.

Patrick Johnson

6. Drôle de temps

Neige récalcitrante

Avec de la neige fraîche, et quand il fait très froid, il est pratiquement impossible de faire des boules de neige comme avec de la neige normale. Pourquoi ?

Morag Challenor

Je ne suis pas surpris que la question vienne d'Europe. Personne au Canada ou en Amérique du Nord n'aurait écrit que la neige « normale » permet de faire des boules de neige. On sait là-bas que la neige est parfois bonne pour cela, et d'autres fois non.

Je crois que le paramètre déterminant est la température. Quand elle est tout juste négative, comme c'est souvent le cas en Europe quand il neige, la neige est humide, tombe en gros flocons et se laisse facilement compacter. Quand il fait vraiment froid, disons - 20 °C, la neige est sèche, poudreuse et très difficile à compacter. Quand on fait une boule de neige, c'est l'humidité de la neige qui doit certainement déterminer la quantité de glace qui se forme sous la pression des mains, et c'est cette glace qui assure la cohésion de la neige.

À partir d'une certaine température au-dessus de zéro, il devient même impossible de faire des boules de neige : elles fondent dans la main. Il doit donc

exister une température optimale pour faire des
boules de neige.

Bob Ladd

Seule la neige « humide », contenant jusqu'à 50 %
d'eau liquide, est bonne pour faire des boules de
neige. Cela implique des températures voisines de
zéro.

En 1842, le physicien anglais Michael Faraday
suggéra que les cristaux de glace de la neige humide
étaient recouverts d'un film d'eau responsable de
leur adhésion les uns aux autres. Il suspendit deux
blocs de glace dans de l'eau glacée pour montrer
qu'il suffisait de les mettre en contact pour qu'ils se
soudent l'un à l'autre.

Il y eut d'autres explications : comprimer la neige,
pour faire une boule, rapproche les cristaux de
glace. Bien que nos mains n'exercent pas une très
forte pression, la pression sur les points des cristaux,
localement, peut être très élevée et provoquer la
fusion de la glace. Si la pression est relâchée, l'eau
regèle aussitôt. Cependant, plus la température est
basse, plus forte doit être la pression.

Notre compréhension des phénomènes de surface
a progressé depuis Faraday. À la surface d'un cristal
de glace, les molécules d'eau ne sont liées à rien
du côté exposé à l'air ; elles ont donc de l'énergie
disponible. Cette énergie peut être utilisée si deux
cristaux viennent au contact, comme l'avait montré
Faraday.

Mais ce n'est pas tout, car sinon rien n'empêcherait
de faire des boules de neige à des températures très
basses. À ces températures, les flocons de neige, qui
ont toutes sortes de formes et de tailles, s'adaptent

très mal les uns aux autres. Ce n'est que si la température approche de zéro que des molécules d'eau, plus mobiles, apparaissent et viennent « boucher les trous » entre les flocons. Tel est le secret de la cohésion de la neige.

Mike Follows

Perdu le nord

Dans Moby Dick, *le navire baleinier en bois subit un typhon au sud-est du Japon. Il est foudroyé par des éclairs et sa mâture s'orne de feux de Saint-Elme. Peu après, on s'aperçoit que le magnétisme du compas est inversé. Herman Melville assurait que de telles inversions magnétiques « se sont produites plusieurs fois lors d'orages violents », et que l'on a même vu, après un foudroyage du gréement, le magnétisme du compas disparaître totalement. Cela est-il vrai ?*

Alan Sloan

L'affirmation de Melville est tout à fait plausible. Un éclair associe des courants électriques et des champs magnétiques très élevés. Il est capable d'aimanter des roches de très grande coercivité (résistance aux champs magnétiques) avec une déconcertante facilité. D'après l'aimantation de ces roches, on a estimé le courant à près de 10 000 ampères. Les champs magnétiques associés à de tels courants démagnétiseraient ou inverseraient toutes les boussoles du voisinage.

Alan Reid

Un courant électrique peut induire un champ magnétique, et une décharge électrique, tel un éclair, peut facilement inverser ou démagnétiser un compas.

Ce que votre correspondant a omis de préciser, c'est que, suite à cet incident, le capitaine Achab fabrique un nouveau compas en frappant une aiguille à coudre les voiles, ce qui a pour effet de la magnétiser. J'ai plusieurs fois expérimenté ce phénomène, en laissant tomber des pinces spéciales destinées à manipuler des échantillons métallurgiques. La chute a suffi à les aimanter.

Les matériaux ferromagnétiques sont composés de microscopiques domaines magnétiques ayant chacun leur propre orientation. Quand ces domaines sont orientés au hasard, le matériau est démagnétisé ; quand ils s'alignent plus ou moins dans la même direction, le matériau s'aimante. Et il suffit parfois d'un choc pour passer d'un état à l'autre.

Roger Ristau, Institut de science des matériaux, université du Connecticut

On ne compte plus les témoignages du type de celui rapporté par Melville. Le physicien français François Arago racontait en 1820 qu'un navire génois, frappé par la foudre après avoir quitté la côte algérienne, revint y faire naufrage : le compas du bord s'était inversé, mais le timonier garda le même cap.

❔ Complètement givré

Le matin, quand il fait très froid, on trouve sur les fenêtres et les voitures du givre qui dessine des

feuilles, des branches ou des fougères. Quel est le processus à l'œuvre ?

Bob Clarke, Canada

Avec les doubles vitrages et le chauffage central, le givre va devenir un spectacle rare. Il est dû à ce que les vitres perdent vite leur chaleur la nuit, quand il fait froid. Elles refroidissent les molécules d'eau qui se trouvent dans leur voisinage immédiat. Les molécules d'eau peuvent fort bien rester à l'état liquide en dessous de 0 °C, mais, dès qu'elles touchent les vitres froides, elles se changent en glace.

Les microfissures de la vitre suffisent à rassembler suffisamment de molécules pour créer un cristal de glace à partir duquel croîtra le givre. Vu de près, le givre est hérissé de liaisons chimiques en attente de molécules. Les molécules d'eau sont très efficacement captées, et le cristal grossit rapidement. La structure obtenue dépend de la température et de l'humidité de l'air, ainsi que de l'état de surface de la vitre. Quand l'air est sec, les molécules d'eau se condensent lentement et forment de beaux hexagones. Les six côtés rectilignes sont lisses, peu réactifs et captent peu de molécules d'eau.

Les motifs en forme de plumes se forment sur des vitres propres, quand l'air est très humide. Le cristal initial est alors bombardé de molécules d'eau ; les hexagones n'ont pas le temps de se former et sont remplacés par des branches. Comme les pointes des cristaux attirent davantage les molécules que les parties rectilignes, on arrive à des motifs ressemblant furieusement à des fougères.

Combien pèse un nuage ?

Est-il possible de savoir combien d'eau contient un nuage ? La taille et la couleur sont-ils de bons indicateurs ?

James Down

Comme expliqué ci-dessous, il existe une méthode empirique simple qui impressionnera vos amis, et une méthode exacte pour laquelle il vous faudra un radar Doppler et une grosse subvention du CNRS.

La quantité d'eau dans un nuage n'est pas différente de celle qui se trouve dans l'air environnant. La différence est que, alors que l'air clair contient de la vapeur d'eau, un nuage est saturé en vapeur d'eau, laquelle s'est condensée pour donner le nuage. Et cette différence tient davantage à la température qu'au contenu en eau.

La couleur d'un nuage n'est pas déterminante non plus. Dans la partie supérieure du nuage, l'eau est sous forme de cristaux de glace. Plus bas, on a affaire à un mélange de glace et d'eau liquide. La couleur du nuage dépend davantage du mélange eau/glace et de la taille des gouttelettes d'eau que de son contenu en eau.

Le contenu en eau du nuage peut être calculé en estimant la quantité d'eau qui en tombe sous forme de pluie. Si toute l'atmosphère était saturée en eau, et si cette eau tombait d'un coup, cela produirait environ 35 millimètres de pluie, alors que les nuages les plus épais donnent 20 millimètres. Certains grains se produisant en air humide peuvent donner 50 millimètres ou plus, mais ils sont très localisés.

La pluie en millimètres d'un violent nuage d'orage s'obtient en multipliant par 6,5 la racine carrée de la durée de la pluie (en minutes). Une pluie plus modeste donne quelques millimètres de pluie, à un taux d'environ 0,1 millimètre par minute. Habituellement, 1 millimètre de pluie correspond à 1 000 m^3 d'eau, soit une masse de 1 000 tonnes par kilomètre cube de nuage. Les nuages les plus épais peuvent contenir vingt fois plus.

On peut aussi estimer la quantité d'eau d'après le volume du nuage : un millionième du volume du nuage est constitué d'eau. La section d'un nuage peut être mesurée en regardant son ombre. Un petit nuage de 500 m × 500 m × 100 m a un volume de 25 millions de mètres cubes, soit environ 25 m^3 d'eau, c'est-à-dire 25 tonnes. Cela suffira-t-il pour impressionner vos amis ?

Albert Zijlstra, physicien à l'université de Manchester

Le simple fait de regarder un nuage ne donne pas une idée très précise de ce qu'il contient. La couleur du nuage dépend entièrement de la position de l'observateur par rapport à la structure physique du nuage. Sa taille apparente, elle, dépend de son altitude, et cette altitude ne peut être estimée par un seul observateur.

Connaître la quantité exacte d'eau dans un nuage est important pour faire de bonnes prévisions météo. Et l'outil idéal pour cela est le radar Doppler. Le choix de la fréquence du faisceau radar est essentiel. S'il interagit trop fortement avec l'eau du

nuage, le signal sera atténué ou réfléchi, et ne péné-
trera le nuage qu'imparfaitement. Si l'interaction est
trop faible, aucune information ne pourra être
obtenue. Si la fréquence est bien réglée, un radar
Doppler donne la densité des gouttes ou des cristaux, leur taille et leur vitesse.

Avec ce radar, il est non seulement possible d'estimer avec précision le contenu en eau d'un nuage,
mais, d'après sa structure, de savoir s'il va pleuvoir.
Cette technique est couramment utilisée lors des
tournois de tennis où la pluie vient souvent perturber
les matchs : Roland-Garros, et surtout Wimbledon.

Ces radars donnent des informations précises sur
le temps, qu'il s'agisse de prévoir la trajectoire d'un
ouragan, de prévoir la météo du week-end ou de
localiser les zones de turbulences pour le trafic
aérien.

Dave Richards

Entre les gouttes

Les gouttes de pluie ne sont pas toutes sembla-
bles. Certaines, allongées, tombent à grande vitesse
et rebondissent haut après leur impact sur le sol.
D'autres, dans les brouillards par exemple, sont si
petites qu'elles sont soufflées par le vent. Comment
se fait-il que la pluie puisse tantôt être assez vio-
lente pour faire mal, et tantôt se faire impalpable ?

Martin Reeves

Les gouttes allongées sont une illusion. Les plus
grosses gouttes sont en réalité aplaties par la résistance de l'air. La taille des gouttelettes est le para-

mètre déterminant des différents types de pluie. Elle dépend des conditions lors de leur formation, spécialement l'humidité, la température et le nombre de « noyaux de condensation » comme les particules de poussière. Par exemple, un petit nombre de germes dans des courants ascendants donne de grosses gouttes : elles ont beaucoup d'eau à leur disposition, et ne commencent à tomber que quand leur poids excède la force ascensionnelle du courant d'air. Lorsqu'il y a beaucoup de germes de condensation, il y a compétition entre eux et les petites gouttes formées s'évaporent souvent avant de toucher le sol.

En air calme, les gouttes tombent dru. Une goutte de 1 centimètre de diamètre atteint une vitesse de 30 km/h ; le frottement les fragmente en plusieurs gouttes plus petites, à moins que la goutte initiale ne soit en partie gelée. Ce phénomène limite la croissance des gouttes. Il se peut néanmoins qu'un grand nombre de gouttes de pluie génère un courant descendant qui augmente la vitesse à partir de laquelle une goutte se fragmente.

De forts vents horizontaux peuvent enfin doubler la vitesse de l'impact, et l'énergie croît comme le carré de la vitesse…

Jon Richfield

L'intensité de la pluie dépend surtout de la hauteur du nuage et de la force des courants ascendants. L'élévation brutale de l'air engendre la condensation rapide des gouttes d'eau et donne beaucoup de pluie, surtout quand l'extension verticale du nuage est suffisante pour que des cristaux de glace se forment parmi les gouttes d'eau refroidies à très basse température.

Les nuages peu épais avec des courants faibles ne donnent que des brouillards, dont les gouttelettes ne tombent qu'à 10 km/h environ. La vitesse augmente avec la taille, jusqu'à un diamètre d'environ 6 millimètres : le frottement de l'air aplatit alors la base, augmente encore le frottement et empêche toute accélération supplémentaire.

Si la pluie est prise dans un courant « rabattant », dans une colonne d'air descendant à 70 km/h par exemple, la pluie heurtera le sol avec violence. On trouve souvent des rabattants, parfois provoqués par les chutes de pluie, sous les cumulo-nimbus, nuages d'orage typiques reconnaissables à leur sommet aplati en enclume.

La pluie sous les nuages en couches épaisses est généralement due à l'ascension d'une masse d'air chaud sur un « coin » d'air froid. Ce genre de pluie peut durer longtemps, mais il est rarement violent, sauf si le soulèvement prolongé rend le nuage instable. L'apparition de cumulo-nimbus contenant de rapides courants ascendants peut alors causer de fortes pluies à partir d'un nuage qui n'avait jusque-là donné que des pluies modérées.

Tom Bradbury

❔ Hêtre à l'abri

J'ai lu récemment que les chênes et les sapins sont plus souvent touchés par la foudre que les pins, et que les hêtres ne le sont presque jamais. Est-ce vrai ?

Jeff Kessler

Il y a près d'un siècle commença à paraître la revue mensuelle *Country Queries and Notes* (Questions et observations rurales). Cette question fut posée dans le premier numéro et suscita un grand intérêt chez les lecteurs. Des réponses arrivaient encore un an plus tard.

Les statistiques pratiquées sur les réponses donnèrent les résultats suivants : chêne, 484 ; peuplier, 284 ; saule, 87 ; orme, 66 ; pin, 54 ; if, 50 ; hêtre, 39 ; frêne, 33 ; poirier, 30 ; noyer, 22 ; citronnier, 16 ; cerisier, 12 ; châtaignier, 11 ; mélèze, 11 ; érable, 11 ; bouleau, 9 ; pommier, 7 ; aulne, 6 ; sorbier, 2, et aubépine, 1. Sur l'insistance du rédacteur de la revue, un lecteur admit avoir vu un sycomore foudroyé, et un autre avança qu'aucun houx n'avait jamais été touché.

Sans indications sur les proportions relatives des arbres mentionnés, cette liste peut sembler sans intérêt. Elle montre néanmoins que la hauteur semble plus déterminante que l'espèce. Des arguments divers furent échangés, dont il ressortit que les arbres à écorce rugueuse (retenant davantage d'eau) attiraient mieux les éclairs que les arbres à écorce lisse.

James O'Hagan

L'article des Eaux et Forêts britanniques le plus récent sur la question affirme que les chênes, les peupliers et les sapins sont les trois espèces les plus fréquemment touchées. Il est cependant basé sur deux études, l'une menée de 1932 à 1935 et l'autre de 1967 à 1985, qui ne relevaient pas exactement le même type de dommages – foudroiement partiel ou total. Les publications nord-américaines affirment aussi que le hêtre, le bouleau et le marronnier sont moins susceptibles d'être touchés que le chêne, le pin et le spruce, entre autres. En Amérique du Nord, il n'est pas rare de voir des arbres équipés de para-tonnerres.

Diverses théories ont été avancées, selon lesquelles certains arbres seraient meilleurs conducteurs que d'autres à cause de leur sève ou du contenu en eau de leur écorce. Cela expliquerait pourquoi le hêtre, à écorce lisse, échappe si bien à la foudre.

Simon Pryce

Un coup de rosée

En ouvrant ma tente au petit matin, j'ai souvent remarqué que les gouttes de rosée se trouvaient à l'extrémité des herbes. Comment font-elles pour rester dans cette position précaire ?

John Lamont-Black

Ce phénomène est une forme de sudation appelée « guttation ». Les herbes portent sur leur surface des stomates, ou pores, à travers lesquels passe l'eau de transpiration de la plante. La nuit, les stomates se referment, ce qui ralentit la transpiration. Les gout-telettes d'eau ne peuvent alors sortir de la plante que par des stomates spéciaux, les « hydatodes ». Ils sont placés le long des côtés des feuilles ou aux extré-mités. On pense que la guttation est causée par la forte pression racinaire. Les herbes produisent sou-vent de l'eau à leur extrémité, comme l'a bien remarqué votre correspondant-campeur. La gutta-tion se produit aussi sur les feuilles des pommes de terre, des tomates et des fraises.

Frances Tobin

Les gouttes que vous avez observées proviennent de la guttation. Les racines des plantes prélèvent des ions dans le sol et les transportent jusqu'au xylème, qui les stocke. L'eau est aspirée par osmose, ce qui crée une pression dans le xylème. Sous l'effet de cette pression, la sève s'échappe des pores (les hydatodes) placés aux extrémités des feuilles d'herbe. Quand les gouttes sont assez grandes, elles tombent et de nouvelles se forment.

La guttation se produit généralement la nuit car, le jour, la perte d'eau des feuilles est insuffisante pour maintenir une dépression dans le xylème. Les conditions qui favorisent la guttation sont aussi celles qui favorisent le camping : ciel clair, vent léger, réchauffement du sol le jour et refroidissement la nuit, ce qui augmente l'humidité et facilite la mise en place des piquets de tente.

Certains ions utiles sont probablement captés par les hydatodes et certains ions du xylème, dans les racines, peuvent avoir été remis dans le circuit. Un phénomène semblable à la guttation apporte le calcium aux fruits qui mûrissent. Son interruption est un mauvais signe. Par exemple, une atmosphère sèche dans une serre, la nuit, peut empêcher l'établissement de la pression adéquate dans le xylème, et donner des fruits, telle la tomate, présentant des déficiences en calcium, dont l'extrémité du bourgeon tend à pourrir.

John Tulett

La guttation a été observée chez plus de 330 genres de 115 familles de plantes. Elle est engendrée par des conditions qui favorisent l'absorption des racines, mais retardent la transpiration. Elle est donc plus fréquente la nuit et dans les régions tropicales humides, où la haute température du sol favorise l'absorption des racines et où l'humidité de l'atmosphère retarde la transpiration. Parmi les plantes des régions tempérées, certaines espèces d'impatientes et d'herbes, dont les céréales, montrent ce phénomène. La plante tropicale *Colocasia antiquorum* peut exsuder ainsi un cinquième de litre d'eau par feuille, en une journée !

John Timlinson

7. Transports peu communs

❓ Ça plane pour moi

Je viens de voler à 12 000 mètres d'altitude et à 800 km/h dans de l'air à - 50 °C. Heureusement, j'étais dans un avion de ligne. Comment se fait-il que des parois de 10 centimètres d'épaisseur suffisent à protéger les passagers ? Pourquoi ne les utilise-t-on pas pour isoler les maisons ?

Philip Welsby

Le refroidissement dû au vent, très sensible si l'on est nu, résulte surtout des turbulences, qui favorisent la perte de chaleur de la peau par évaporation et convection. Sur le fuselage d'un avion, le flux d'air est laminaire (c'est en tout cas le résultat auquel s'efforcent de parvenir les ingénieurs en aéronautique), et bien moins favorable au transfert de chaleur. En outre, à 9 000 mètres d'altitude, la densité de l'air est trois fois plus faible qu'au niveau de la mer. C'est comme si l'avion volait dans une bouteille Thermos.

Au-delà de 500 km/h, la surface d'un avion s'échauffe à cause du frottement de l'air. Certaines pièces du Concorde s'échauffaient de 200 °C en vol, et l'on sait que les boucliers thermiques des véhicules spatiaux sont portés au rouge lors de la rentrée dans l'atmosphère.

Dans une cabine d'avion, où de nombreuses personnes sont rassemblées dans un petit volume, l'énergie par unité de volume dégagée par le métabolisme atteint des valeurs cent fois plus élevées que dans une petite maison. Et le rapport surface/volume est plus petit pour un fuselage cylindrique que pour une maison de forme complexe.

Dans une cabine, l'air est conditionné et recirculé. La puissance nécessaire est prélevée sur l'énergie des moteurs, de sorte qu'il est facile de maintenir une température agréable en vol. Le secret de l'isolation consiste à tapisser l'intérieur de la cabine avec une feuille de plastique afin qu'on ne soit en contact avec aucune pièce métallique, et à remplir l'espace entre la carlingue et le plastique avec une mousse isolante du type de celle qu'on emploie pour les maisons. Il fait donc une température agréable dans la cabine, mais votre correspondant a raison de signaler que certaines parties de l'avion sont très froides. Le cône de queue et le compartiment à bagages arrière sont glacés.

Rappelons enfin qu'un avion au sol, moteurs coupés, n'est pas plus chaud qu'une caravane non chauffée.

Alan Calverd

La température à l'extérieur d'un avion de ligne est très basse, mais la carlingue de l'avion peut s'échauffer considérablement. La grande différence de température qui en résulte implique une isolation thermique mais, à part quelques endroits particuliers (le dessus et le dessous de la cabine passagers), l'isolation la plus importante à assurer est de nature acoustique.

L'atténuation du bruit des moteurs et de l'air augmente l'épaisseur de l'isolant thermique. On utilise généralement du « mat » de fibre de verre. Le très petit diamètre des fibres réduit considérablement le bruit. L'épaisseur de l'isolation totale, qui dépend évidemment des types d'avions, varie de 12 centimètres (toit de la cabine) à 8 centimètres sur les côtés et 3 au niveau du plancher de la cabine. La fibre de verre employée en aviation est spécialement légère, mais des produits semblables sont proposés au public pour l'isolation thermique des maisons.

David Kettle

Occupé

Quand on va dans les toilettes d'un avion, la lumière s'allume quand on pousse le verrou. Mais elle ne s'allume qu'au bout de quelques secondes. Pourquoi ?

Mick Towne

Il faut quelques secondes pour qu'un tube fluorescent de basse puissance et basse tension accumule suffisamment d'énergie pour qu'un arc électrique s'établisse entre les électrodes. Le gaz du tube contient un tout petit peu de mercure sous forme gazeuse, et le mercure ne commence à s'ioniser que s'il est chauffé.

La lampe à mercure donne une lumière de longueur d'onde 337,1 nanomètres, c'est-à-dire dans la partie non visible du spectre – l'ultraviolet. Elle devrait donc être invisible, mais le revêtement à l'intérieur du tube absorbe cette lumière et réémet dans la partie visible du spectre.

Les alimentations 24 volts des avions sont moins énergétiques que celles que nous avons chez nous et au bureau. Elles pourraient cependant donner le choc électrique initial nécessaire à l'allumage immédiat de la lampe des toilettes, mais cela engendrerait une brutale baisse de tension, durant quelques dixièmes de milliseconde, qui pourrait perturber d'autres appareils. C'est pourquoi la lampe démarre « en douceur ».

Dan Schwartz

La nature a-t-elle inventé la roue ?

La roue est un dispositif extrêmement utile pour se déplacer. Pourquoi l'évolution ne l'a-t-elle pas utilisée ?

Tyrone Peeter

Il n'est pas juste de dire que la nature n'a pas inventé la roue : les bactéries l'utilisent pour se déplacer depuis des millions d'années, sous la forme de flagelles, sortes de tire-bouchons en rotation perpétuelle. La moitié des bactéries connues possèdent un ou plusieurs flagelles.

Chacun est solidaire d'une « roue » située dans la membrane cellulaire et qui tourne – entraînée par un minuscule moteur électrique – à quelques centaines de tours par seconde. L'électricité est produite par des variations de charge rapides au sein d'un anneau de protéines qui entoure la roue. Ces charges sont celles des ions hydrogène positifs, qui sont en permanence extraits de la membrane cellulaire, et qui y retournent.

Les seuls nutriments nécessaires au flagelle sont les protéines qui lui permettent de croître. Elles arrivent par le centre du flagelle, et sont assemblées pour donner un nouveau matériau cellulaire lorsqu'elles atteignent son extrémité.

Ce dispositif nanotechnologique très sophistiqué possède même une marche arrière, très utile lors de la recherche de nourriture. Ainsi, non seulement la nature a inventé la roue, mais, vu le nombre astronomique de bactéries dans le monde vivant, il s'agit probablement du mode de locomotion le plus employé !

Andrew Goldsworthy

Il existe une forme de vie macroscopique qui roule : la « soude brûlée » *(Salsola kali)*, commune dans l'Ouest américain (et dans les westerns), dont la partie située au-dessus du sol se détache de la tige et roule, poussée par le vent, dispersant très efficacement ses graines.

Eric Kvaalen

Bon. La nature a bien inventé la roue. Mais pourquoi aussi peu de créatures l'utilisent-elles ?

La roue n'est devenue un instrument utile que parce que nous avons considérablement modifié notre habitat pour pouvoir l'utiliser. Une simple chaise roulante démontre même que notre habitat n'est pas encore assez adapté à la roue. Dès que l'on quitte les routes et les chemins praticables pour se retrouver dans la boue, le sable, la neige, les cailloux ou les crevasses, la merveilleuse invention devient totalement inutile.

Alistair Scott

Chaque partie de notre corps (et de ceux de la plupart des organismes supérieurs) est reliée aux (ou communique avec les) systèmes essentiels du corps – chez nous, les systèmes nerveux et sanguin. Il devrait en être de même avec une éventuelle roue développée par l'organisme. Mais une roue étant en rotation, les vaisseaux sanguins et les nerfs s'enrouleraient autour de son axe.

Ben Hill

Les machines roulantes, trains et voitures, possèdent un moteur qui génère un «couple» mécanique. Dans le cas d'une brouette, il est fourni par les jambes. La plus grande part de la locomotion animale est produite par les muscles qui sont très efficaces pour convertir en travail mécanique l'énergie chimique, mais qui ne peuvent que se contracter. Pour utiliser des roues, la nature devrait soit remplacer les muscles par une autre forme de poussée, soit concocter un mélange de jambes et de roues, soit inventer une très improbable bicyclette biologique.

Roland Davis

L'évolution biologique n'est pas un processus qui sait où il va. C'est avant tout l'effet cumulé de la sélection naturelle agissant sur des mutations au hasard. Une nouvelle forme de vie ou de locomotion ne peut ainsi apparaître que si chaque étape de cette évolution confère un avantage à l'organisme ou, à la rigueur, si elle ne confère aucun désavantage.

Les ailes ont pu évoluer car un embryon d'aile procure déjà un avantage aérodynamique lorsqu'il s'agit de sauter de branche en branche. Et une coquille peut évoluer car une coquille molle est déjà une protection efficace. Mais quelle étape intermédiaire utile pourrait mener vers la roue ?

En fait, les roues ont bien évolué : l'évolution a donné des êtres humains, qui ont été assez futés pour fabriquer des roues et modifier leur environnement en conséquence.

Simon Iveson

Mal de terre

Quand je reviens à la maison après mes leçons de voile, j'ai l'impression que ma chambre bouge. Pourquoi ?

Richard Matthews (9 ans)

Pour se localiser, notre cerveau rassemble des informations en provenance de diverses sources, dont la vue, le toucher et l'oreille interne. La plupart du temps, les organes des sens et ceux de l'oreille interne concordent. Quand ce n'est pas le cas, la localisation devient imprécise et ambiguë, ce qui peut donner le mal de mer ou des pertes d'équilibre.

Le mal de mer est dû à un conflit entre les informations sensorielles et notre « programmation » interne du mouvement. Acquérir le pied marin est la réponse de l'organisme : on s'habitue en anticipant les mouvements du bateau et en adaptant notre posture en conséquence. Quand on met pied à terre, le corps peut continuer à ce régime pendant des heures, voire des jours, ce qui peut se traduire par des nausées ou donner l'impression que les pièces tanguent.

Certaines personnes présentent même ce genre de syndrome pendant des semaines, voire des mois ou des années. C'est le syndrome du «mal de débarquement». On ne sait pas pourquoi ce syndrome persiste aussi longtemps, mais on sait le traiter.

La navigation à voiles n'est pas la seule activité à provoquer ce genre d'illusion. Les passagers des trains de nuit disent parfois qu'ils ressentent encore dans les jambes le «clicketi-clack» des roues sur les rails. Et les astronautes de retour sur terre ont souvent des nausées, des vertiges, du mal à marcher et des illusions sensorielles. Plus longtemps on est exposé à des mouvements inhabituels, plus longtemps dureront les effets secondaires.

Timothy Hain, Northwestern University, Chicago, et Charles Oman, Massachusetts Institute of Technology

⁇ Titanesque

Visitant l'exposition sur le Titanic, *j'ai appris qu'il faut faire très attention en remontant de 4 000 mètres de profondeur les objets en fonte, car ils risquent d'exploser en surface. Pourquoi ?*

Thomas Theakston

Plusieurs phénomènes sont à prendre en compte. La fonte contient toujours des microcavités qui se forment sous la surface. Comme elle a une faible ductilité, elle a tendance à se fissurer plutôt qu'à se déformer. Enfin, c'est un matériau très hétérogène, contenant jusqu'à 4,5 % de carbone, du silicium, du manganèse, du phosphore et du soufre. On y trouve aussi plusieurs phases cristallines : graphite, argentite et ferrite.

Quand la fonte est placée dans un électrolyte comme l'eau de mer, la corrosion commence par attaquer la surface. Un des produits de cette corrosion est l'hydrogène sous forme d'atome ou d'ion. Dans cet état, l'hydrogène peut diffuser à travers la ferrite et s'amasser dans les microcavités. Là, il redonne de l'hydrogène moléculaire gazeux, ce qui augmente la pression dans les cavités.

Ce processus électrolytique ayant lieu à grande profondeur, et donc à haute pression, la pression du gaz des cavités se met en équilibre avec l'eau de fond. En remontant l'objet en fonte, on diminue la pression externe, ce qui augmente d'autant la pression dans les cavités.

Au mieux, l'alliage va se fissurer. Au pire, il va se briser.

C.C. Hanson

Il arrive que les vieux boulets de canon remontés à la surface explosent lors des manipulations. Cela se produit dans des circonstances bien particulières, lorsque des bactéries réductrices des sulfates, communes dans les sédiments marins, colonisent les microfissures du fer. Ces bactéries utilisent les sulfates (oxydes de soufre) de l'eau de mer comme source d'oxygène, et rejettent les sulfures qui en résultent. En présence de fer, le sulfure soluble réagit pour former du disulfure de fer (pyrite) et autres minéraux apparentés.

Les sulfures de fer, stables dans les conditions réductrices qui règnent au fond de la mer, participent à l'oxydation dès qu'ils sont amenés en surface. Cette réaction dégage beaucoup d'énergie, donne un acide, et provoque une forte augmentation de volume. Une importante oxydation peut se produire en quelques heures, et parfois plus vite encore. Il peut en résulter des explosions spectaculaires.

Jeff Taylor, géochimiste

☒ Beau comme un pneu

Pourquoi les pneus de voiture et de moto exhibent-ils autant de motifs différents ? Pourquoi n'y a-t-il pas un motif standard, à l'efficacité reconnue ?

G. Curling

Il n'y a que deux paramètres pour définir une bande de roulement de pneu. Le pneu doit transmettre au sol les forces d'accélération et de freinage, et il doit évacuer l'eau de pluie de façon à réduire autant que possible l'aquaplaning, qui tend à faire glisser les voitures sur route humide.

Un motif fait de simples blocs juxtaposés suffit pour les usages tout terrain, mais sur une route, les parties avant et arrière des blocs s'usent très vite. Des rides longitudinales, ornées d'indentations, améliorent la traction sans augmenter le frottement. Mais les motifs transversaux espacés régulièrement créent un bruit sourd, ce qui mène à utiliser des motifs irréguliers.

À 100 km/h avec une légère pluie, un pneu de voiture doit déplacer 5 litres d'eau par seconde pour rester en contact avec la route. Des crêtes soulèvent l'eau de la route, puis l'éjectent sur les côtés par des rayures transversales.

Avec les pneus de moto, la section ovale pénètre

facilement dans l'eau. L'aquaplaning est rarement un problème et les questions de bruit sont moins importantes qu'en voiture. Ce qui est important, c'est la traction.

Le cahier des charges peut évidemment être rempli de nombreuses façons différentes. En fait, la plupart des variations dans les motifs de pneus sont dues aux spécialistes du marketing des fabricants.

Reinhard Readding

Dans les années 1980, j'ai travaillé avec des outils informatiques 3D à la mise au point de motifs de pneus. À partir de données techniques (taille du pneu, structure) et d'un dessin à deux dimensions, il était possible de produire n'importe quel motif.

Les designers m'ont dit que cet outil leur était très utile car beaucoup des centaines de motifs qu'ils proposaient chaque année étaient refusés par le service marketing pour des raisons purement esthétiques. Certains étaient jugés «pas assez sexy» ou «pas assez masculins», et mis au rancart.

Si le marketing est d'accord, on passe à la production de prototypes. Ils sont taillés à la main, à cause du coût de fabrication d'un moule, puis testés.

Les anciens dans le métier savaient quels motifs conviennent le mieux à tels types de pneus, et fournissaient un nombre surprenant de motifs nouveaux qui non seulement satisfaisaient le marketing, mais en outre se comportaient très bien durant les tests.

André de Bruin

Fort comme un paquebot

Supposons qu'un énorme paquebot soit à quai, et qu'aucune force (vent ou courant) n'agisse sur lui. Si je repousse le bateau de la main, va-t-il bouger, même très lentement ? Ou les forces de frottement de l'eau opposent-elles une résistance trop forte ?

Trevor Kitson

Quand j'étais un jeune conscrit au service du roi George V, j'ai eu plusieurs fois l'occasion de déplacer un destroyer en le repoussant à la main.

Par marée de morte-eau dans le port de Harwich (Essex) et brise molle, je me suis appuyé sur le bastingage du bateau sur lequel j'étais, et ai agrippé des deux mains, à bout de bras, le bastingage du bateau voisin. Puis j'ai tiré.

Pendant une minute, il ne s'est rien passé, puis l'espace entre les bateaux a commencé à se réduire jusqu'à ce que les deux bateaux se touchent en douceur, sans aucun bruit, et restent au contact l'un de l'autre. Ensuite, en repoussant, j'ai remis les deux navires dans leur position initiale. En toute simplicité.

Un paquebot a la taille au-dessus d'un destroyer de la marine, mais je pense que la seule différence serait la durée nécessaire pour bouger le navire. Je conseillerais à votre correspondant, s'il se trouve un jour en mesure de tenter l'expérience, de ne pas bloquer sa respiration pendant qu'il pousse…

Ken Green

En l'absence de vent et de courant, il est possible de faire bouger un navire aussi gros que l'on souhaite. C'est même extraordinairement facile. Cela peut s'expliquer en termes d'énergie cinétique et de quantité de mouvement.

Prenons un bateau de masse *(m)* de 20 000 tonnes. Avec une vitesse *(v)* de 1 cm/s, il possède une énergie cinétique *(1/2 mv²)* de :

$$1/2 \times 2 \times 10^7 \times (10^{-2})^2 = 1\,000 \text{ joules.}$$

Cette énergie est très petite. Un homme de 51 kilos s'élevant de 2 mètres dépense la même.

À 1 cm/s, la quantité de mouvement *(mv)* du bateau atteint 2×10^5 newtons-seconde. Notre homme de 51 kilos peut la transmettre au bateau en appliquant l'équivalent de son propre poids pendant 400 secondes :

$$51 \times g \times 400 = 2 \times 10^5,$$

où *g* est l'accélération de la pesanteur (9,8 m/s²).

Quand un navire se déplace, la même masse d'eau se déplace à la même vitesse. L'énergie cinétique et la quantité de mouvement calculées plus haut ont donc été sous-estimées d'un facteur 2 (à peu près). Mais la conclusion tient toujours : un homme seul peut déplacer un navire.

John Ponsonby

Le bateau va se déplacer. Les forces fluides n'ont pas de limite de frottement statique. On peut considérer que ces forces sont proportionnelles à la vitesse du bateau. Elles sont quasi nulles quand le bateau est immobile.

Donc, il suffit de pousser. Bonne chance !

Marco Venturini Autieri

❓ Hublot sous pression

Les deux vitres externes d'un hublot d'avion de ligne sont séparées par un petit cylindre métallique, qui est souvent entouré de condensation. À quoi cela sert-il et de quoi est-il fait ?

Rita Breitkopf

Les vitres d'avion comprennent trois couches de verre ou d'acrylique, ou plus, pour assurer l'isolation thermique. Le petit cylindre est en fait constitué des côtés d'un petit trou foré dans la couche du milieu afin d'égaliser les pressions entre les vitres tout en minimisant la convection.

La condensation autour de ce trou est due au refroidissement de l'air qui se trouve dans le trou. De la glace s'y forme souvent. La position du trou est choisie de façon à laisser la meilleure visibilité, à minimiser les éventuelles fissures entre le trou et les bords des couches, et à empêcher une condensation excessive qui pourrait boucher le trou avec de la glace.

Fred Parkinson

❓ Turbulence en air clair

Lors de mon dernier voyage en avion, nous avons rencontré de sévères turbulences. La nourriture et les boissons volaient, les rangements supérieurs s'ouvraient tout seuls, les passagers criaient, pleuraient et même le personnel de cabine commençait à s'inquiéter sérieusement. Il m'a semblé que l'avion tombait comme une pierre pendant 5 secondes. Y avait-il vraiment du danger ? On avait vraiment l'impression que l'avion tombait hors du ciel. Cela s'est-il déjà produit ?

Brian Jackson

Votre lecteur a expérimenté les effets de la turbulence en air clair, ou TAC. Une TAC est invisible aux pilotes, et peut parfaitement causer le crash d'un avion, si elle est rencontrée au moment du décollage ou de l'atterrissage. Depuis 1981, on a dénombré 350 cas d'avions rencontrant des turbulences sévères. Ces phénomènes sont aussi la cause majeure de blessures en vol : aux États-Unis, près de 60 passagers sont blessés chaque année, ce qui explique qu'on leur demande de garder leurs ceintures attachées.

Il y a cinq causes majeures de TAC : les jet-streams, le sillage d'un autre avion, l'écoulement autour d'une montagne, et les violents courants descendants associés aux nuages d'orage. L'événement décrit ici semble avoir été causé par une turbulence de jet-stream. Lors des vols long-courriers, les pilotes essayent de se maintenir dans ces jet-streams, courants d'altitude qui permettent de grosses économies de carburant. Cependant, les jet-streams se trouvant à plus de 12 000 mètres d'altitude, les avions volent généralement dessous, dans des zones d'écoulement turbulent.

Si un avion rencontre un courant descendant, la portance des ailes s'annule et l'avion tombe immédiatement. Tout ce qui n'est pas attaché se met alors à voler à travers la cabine, et c'est souvent le personnel de bord qui en est victime. Lorsque l'appareil quitte le courant descendant, les ailes reprennent brutalement leur portance avec un fort «bang». Les ailes sont conçues pour résister à des accélérations vers le haut de 2,5 g et de 1,5 g vers le bas (g est l'accélération de la pesanteur). Au-delà, des problèmes apparaissent.

Le 5 mars 1966, une TAC a causé une catastrophe. Par un jour sans nuages, le pilote du vol BOAC 911 décida de faire un détour pour offrir à ses passagers une vue du mont Fuji. Volant trop près de la montagne, l'avion fut fracassé par une turbulence.

On connaît d'autres cas de crash au décollage ou à l'atterrissage, moments où les avions sont spécialement vulnérables. Des appareils en approche ayant été retournés comme des crêpes, la présence de radars météo est désormais obligatoire sur les avions de ligne aux États-Unis. Ils détectent les gouttes d'eau associées aux cisaillements de vent et préviennent le pilote.

Terence Hollingworth

Le *best of* du reste

☒ Filles aléatoires

Les parents de ma femme ont eu six enfants, dont les trois premiers et le sixième sont des filles. Quatre de ces enfants ont eu des enfants, sept en tout, et toutes sont des filles. Je crois savoir que certains hommes sont plus portés à avoir des filles, mais dans cette famille, les sept petits-enfants ont quatre pères différents. S'agit-il d'une coïncidence, ou d'autres facteurs sont-ils à l'œuvre ?

Mark Higgins

Bien que je ne connaisse pas tous les détails, je crois pouvoir affirmer qu'il s'agit d'une coïncidence. Un fœtus a 1 chance sur 2 d'être une fille ; il y a donc 1/2 à la puissance 7, soit 1 chance sur 128, pour que sept enfants soient tous des filles. Cela n'est donc pas si improbable, et l'on trouverait probablement de nombreuses autres combinaisons remarquables (tous des garçons, ou une fille - un garçon, etc.), de sorte que les chances d'obtenir une combinaison «remarquable» sont finalement assez élevées.

Cette question émane de la capacité typiquement humaine à trouver des motifs singuliers dans des données au hasard. On s'est aperçu que les gens ont une idée du hasard bien différente de ce qu'est réellement le hasard. En jouant à pile (P) ou face (F), par exemple, une séquence du genre « FPFFPFPPFFFPPF » sera considérée comme aléatoire, alors qu'une séquence vraiment aléatoire serait plutôt du genre « FFFFFPFFPPFFFF » – c'est-à-dire moins de variations et des séquences plus longues de piles ou de faces. Inversement, cela signifie que des séquences aléatoires paraissent ne pas l'être aux yeux de la majorité des gens.

Si le groupe atteignait un jour 15 petits-enfants – toutes des filles –, je commencerais à dresser l'oreille et à suspecter un phénomène non aléatoire. Mais même si cette probabilité est encore faible (1 chance sur 32 000), elle a déjà dû se produire plusieurs fois dans l'histoire.

Ben Haller

Attraper froid

J'ai entendu dire que l'on pouvait attraper froid quand une personne porteuse du virus touche votre main, et que vous la portez à vos yeux ou à votre nez. Apparemment, la « crève » peut aussi se « refiler » par l'intermédiaire d'une poignée de porte. Combien de temps un virus ou tout autre microbe peut-il subsister sur une surface ? Cela dépend-il de la surface, et l'humidité joue-t-elle un rôle ?

Cory Caulfell

Cela dépend de la surface. Une surface humide, froide et à l'abri de la lumière, par exemple, devrait conserver un rhinovirus ou un coronavirus pendant plusieurs jours.

Une pièce de monnaie en bronze, en revanche,

sèche, bien éclairée et recouverte d'une couche d'oxyde (le vert-de-gris), devrait être «propre» moins d'une demi-heure après avoir été contaminée. Ces métaux (cuivre et zinc) sont très mauvais pour les microbes, de sorte que les pièces jaunes, même très sales, ne sont pas aussi sales qu'il y paraît.

Les rhinovirus sont de loin les plus communs. Ce sont des picornavirus, qui ne sont que modérément stables. La dessiccation et l'éclairement aux ultra-violets solaires suffisent à nettoyer la plupart des surfaces. Un mouchoir, en revanche, est susceptible de conserver des microbes pendant des jours, à moins qu'il n'abrite aussi des bactéries qui digére-ront rapidement les sécrétions du moucheur.

Pour éviter une infection virale, il vaut mieux ne pas se toucher le visage, ou se laver les mains avant de le faire.

Jon Richfield

 ## Ça pique les yeux

Comment fait le chlore des piscines pour tuer les organismes nocifs, et pourquoi emploie-t-on cet élément ?

Tommy Krone

Le chlore n'est pas le seul élément de la famille des halogènes qui puisse être utilisé pour désinfecter l'eau. L'iode et le brome conviennent aussi, mais pas le fluor, qui est trop réactif. On emploie le chlore simplement parce qu'il est économique, abondant et assez facile à manipuler.

La désinfection se fait par interruption du métabolisme ou désorganisation de la structure du microbe. Cela peut se faire aussi par des éléments chimiques oxydants ou réducteurs qui ont des effets semblables, ou par des processus physiques : ultra-violets (solaires ou non), rayons X, ultrasons, chaleur (comme dans la pasteurisation), modifications du pH et même stockage de longue durée.

Le chlore gazeux est constitué de deux atomes de chlore, mais pas d'oxygène. En présence d'eau, un des atomes de chlore forme un ion chlorure ; l'autre réagit avec l'eau pour donner de l'acide hypochloreux, qui est un oxydant puissant. La désinfection a lieu lorsque cet acide attaque certaines molécules de la membrane cellulaire du microbe par oxydo-réduction. Si cela se produit plusieurs fois, les mécanismes cellulaires de réparation sont débordés, et l'organisme meurt. La concentration du désinfectant et le temps d'exposition sont donc les facteurs clés.

On trouve le chlore sous plusieurs formes commerciales : le chlore gazeux, l'hypochlorite de sodium (la poudre que l'on met dans les piscines) et l'eau de Javel. Certains produits contenant du chlore ne sont pas des désinfectants car leur chlore, déjà réduit, n'a plus de pouvoir oxydant. C'est le cas du chlorure de sodium (le sel), ce qui explique que les microbes soient très à l'aise dans l'eau de mer.

Philip Jones, « Water Environment Consultants »

La désinfection doit être menée dans des conditions de pH étroitement surveillées – idéalement entre 7 et 7,6. Si le pH est trop bas – inférieur à 6,8 –, les composés de l'azote, surtout l'urée (présente dans les piscines), tendent à se dégrader en chloramines.

Le pire de ces composés est le trichlorure d'azote, qui irrite les yeux et donne la désagréable odeur de chlore des piscines mal gérées.

Philip Stainer

 Biniou des alpages

Que se passerait-il si on jouait de la cornemuse dans le mélange hélium/oxygène qu'utilisent les plongeurs, et qui déforme le son ? Est-ce que le chalumeau (le tube à trous) se comporterait comme les bourdons (tubes simples donnant une seule note) ?

Roger Malton

Une cornemuse, ou un biniou, est constituée d'une outre remplie d'air et munie d'un système de clapets qui l'empêche de se vider trop vite. L'air comprimé est dirigé vers divers tubes, dont le chalumeau et les bourdons.

La fréquence fondamentale d'une cavité résonante, qu'il s'agisse du larynx ou du chalumeau d'une cornemuse, est proportionnelle à la vitesse du son dans le gaz qui occupe la cavité. Or, cette vitesse est elle-même proportionnelle à la racine carrée de T/M (où T est la température absolue du gaz – ajoutez 273 à la température ordinaire pour l'obtenir –, et où M est la masse molaire du gaz). La vitesse du son est donc plus grande dans des gaz plus légers que l'air. Dans l'hélium par exemple (M = 4), elle vaut presque trois fois plus que la vitesse du son dans l'air (M = 29). La fréquence de résonance d'une cavité sonore est donc à peu près trois fois plus élevée : dans l'hélium, on a la voix de Donald.

Il est évidemment difficile d'imaginer un joueur de cornemuse écossaise ou de biniou breton dans une cloche à plongeur emplie de mélange hélium/oxygène. La flûte irlandaise se prête mieux à l'expérience, et satisfait tout autant notre goût pour la musique celtique.

J'ai procédé à cette expérience en inhalant de l'hélium d'un ballon d'enfant (ceux qui s'envolent sont gonflés à l'hélium), et en soufflant dans ma flûte en *ré*. J'étais à 41 mètres au-dessus du niveau de la mer et la température était de 22 °C. La note stable obtenue avec l'hélium était exactement de trois demi-tons, de *ré* à *fa*, au-dessus de la note dans l'air. En soufflant plus fort que d'habitude, j'ai réussi à jouer les douze premières mesures de *Down by the Sally Gardens*. Après cette première expiration, le *ré* initial est devenu un *ré* dièse, qui n'a disparu qu'après que tout l'hélium s'est évacué de mes poumons.

Tony Lamont

La note émise par les tubes d'une cornemuse dépend de leur longueur – longueur ajustable dans le cas du chalumeau. La note dépendant de la vitesse du son, qui est supérieure dans l'hélium, le son émis par la cornemuse sera plus aigu.

Lorsque j'enseignais l'acoustique à des chanteurs d'opéra, je leur demandais de remplir leurs poumons avec de l'hélium, tout en gardant un peu de gaz carbonique, qui stimule le réflexe de respiration. Quand ils chantaient, le son ne changeait pas, car la fréquence était émise par les cordes vocales, et non par la cavité résonante.

Les résonances ne sont pas assez fortes pour dominer les cordes vocales. Ce qui change, c'est chacune des fréquences de résonance du conduit vocal – ce que l'on appelle les «formants». Ce n'est donc pas le fondamental qui change, mais les formants qui montent dramatiquement.

En fait, peu de chanteurs ont eu l'occasion de s'entendre chanter. La plupart éclataient de rire en s'entendant, et expulsaient rapidement l'hélium contenu dans leurs poumons.

John Elliot

Oui, les cornemuses marchent dans des mélanges d'hélium. De l'hélium pur injecté dans le sac élève la fréquence d'environ une octave. Des expériences (peu concluantes) ont été faites avec un mélange air/hélium. L'emploi de gaz plus lourds que l'air (oxygène ou néon) donne des fréquences plus graves, mais n'améliore nullement la musicalité du son.

Mark Williams

Les fréquences de résonance de toutes les cavités sonores sont proportionnelles à la vitesse du son. Un mélange hélium/ oxygène augmente ces fréquences, mais le gaz carbonique les diminue.

Les joueurs d'instruments à vent savent qu'ils doivent éviter de boire des boissons gazeuses avant un concert. Tout renvoi incontrôlé de gaz carbonique dans l'instrument se traduit en effet par un couac : la note jouée sera trop basse. En outre, l'instrument ne retrouve ses notes ordinaires que lorsque tout le gaz carbonique est évacué. Avec du gaz carbonique pur, la note jouée serait fausse de sept demi-tons, soit une demi-octave !

Laurie Griffiths

🔲 La guerre des marrons

Il est fait mention dans le journal local de l'école du village de Nash, en Angleterre, à la date du 9 novembre 1917, d'une «Lettre du Directeur de l'Armement remerciant pour le ramassage des marrons». Quel rapport peut-il bien y avoir entre les écoliers, les marrons et les munitions en temps de guerre ?

John Harris et Greg Davies

Cette question a été posée dans le numéro de février 1987 de la revue *Chemistry in Britain*. Les divers correspondants ont répondu que les marrons, pendant la Première Guerre mondiale, étaient employés pour produire de l'acétone, laquelle entrait dans la fabrication de la cordite, poudre sans fumée utilisée dans l'artillerie.

Les poudres sans fumée ont révolutionné les techniques guerrières. Plus puissantes que la classique «poudre noire», ou «poudre à canon», elles offraient l'avantage de pouvoir tirer plusieurs fois de suite sans envelopper le tireur d'une épaisse fumée. La cordite est un mélange de coton/poudre (65 %), de nitroglycérine (30 %) et de vaseline (5 %), mis sous forme de gélatine avec de l'acétone, avant d'être façonné en longues tresses.

L'industrie de l'acétone étant insuffisante pour les besoins de l'armée, le ministre de l'Armement, David Lloyd George, demanda à Chaïm Weizmann, chimiste qui avait émigré en Angleterre en 1904, de matérialiser son idée de produire de l'acétone par fermentation bactérienne de l'amidon de maïs. Deux usines, à Poole et à King's Lynn, produisirent rapidement 400 000 litres d'acétone par an. Quand le maïs se faisait rare, on le remplaçait par des marrons ramassés par les enfants des écoles. Pour des raisons de sécurité, les adresses des usines étaient inconnues : les marrons étaient expédiés au Bureau central de la Poste, qui les redistribuait ensuite aux deux usines.

Voilà comment l'acétone de Lloyd George a laissé des traces dans l'école de Nash. Elle a aussi laissé, selon Lloyd George lui-même, des traces sur la carte du monde. Le ministre était en effet si reconnaissant à Weizmann, sioniste convaincu, qu'en devenant Premier ministre il le présenta à son ministre des Affaires étrangères, Arthur James Balfour. Il en résulta la très controversée « Déclaration Balfour » du 2 novembre 1917, affirmant que le gouvernement britannique était très favorable à « l'implantation en Palestine d'un État pour le peuple juif ». Quand l'État d'Israël fut créé, Chaïm Weizmann en fut le premier président, de 1949 à 1952.

Michael Goode

Tony Cross, conservateur du musée Curtis, à Alton (Hampshire), a trouvé des documents semblables, mais il a reçu une réponse assez différente de l'Imperial War Museum.

Pendant la Première Guerre mondiale, quelque 258 millions d'obus furent tirés par l'armée et par la marine britanniques. Le propulseur essentiel était la cordite, dont les solvants sont l'acétone et l'éther. L'acétone était exclusivement obtenue par distil-

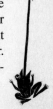

lation du bois, marché dominé par les pays producteurs de bois. Avant la guerre, l'acétone était importée des États-Unis. En 1913, une usine moderne fut construite, mais, à la déclaration de guerre en août 1914, les stocks militaires d'acétone ne s'élevaient qu'à 3 200 tonnes. D'autres usines furent mises en chantier quand il apparut que l'acétone pouvait être produite à partir de pomme de terre et de maïs.

En 1917 cependant, l'attaque sous-marine allemande dans l'Atlantique menaçait de couper l'approvisionnement en maïs américain. C'est alors que l'on découvrit que le marron pouvait produire de l'acétone. De grandes quantités de marrons furent collectées, mais seulement 3 000 tonnes atteignirent l'usine de King's Lynn : il y avait de grosses difficultés de transport, et des lettres au *Times* évoquent des tas de marrons en état de pourriture avancée à proximité des gares.

L'usine de King's Lynn entra finalement en production en avril 1918… et ferma ses portes en juillet de la même année devant les difficultés de production rencontrées. Le marron n'a pas gagné la guerre.

Index

Table

RÉALISATION : PAO ÉDITIONS DU SEUIL
IMPRESSION : NORMANDIE ROTO IMPRESSION S.A.S. À LONRAI
DÉPÔT LÉGAL : AVRIL 2008. N° 97316 (080714)
IMPRIMÉ EN FRANCE

Dans la même série

Pourquoi les manchots n'ont pas froid aux pieds ?
et 111 autres questions stupides et passionnantes
Seuil, « Science ouverte », 2007

Comment fossiliser son hamster
et autres expériences épatantes à faire chez soi
Seuil, « Science ouverte », 2008